Journaliste au *Monde*, Raphaëlle Bacqué est l'auteur avec Ariane Chemin du best-seller *La Femme fatale*. Elle a dirigé avec le réalisateur Philippe Kohly le documentaire *L'Enfer de Matignon*.

DU MÊME AUTEUR

Chirac président
Les coulisses d'une victoire
(avec Denis Saverot)
Éditions du Rocher/DBW, 1995

Seul contre Chirac
(avec Denis Saverot)
Grasset, 1997

Chirac ou le démon du pouvoir
Albin Michel, 2002

La Femme fatale
(avec Ariane Chemin)
Albin Michel, 2007
et « J'ai lu », n° 8608

Raphaëlle Bacqué

L'ENFER DE MATIGNON

Ce sont eux qui en parlent le mieux

Albin Michel

TEXTE INTÉGRAL

ISBN 978-2-7578-1640-0
(ISBN 978-2-226-18680-5, 1re publication)

« Vous voulez que je vous dise ce qu'est Matignon ? Une magnifique machine à broyer... »

Jean-Pierre Raffarin

« C'est un enfer gestionnaire. »

Michel Rocard

« Une journée, vous recevez 10 % de bonnes nouvelles et 90 % de mauvaises. »

François Fillon

« Quand on est à ce poste, on a du plaisir à dormir, le soir, pour tout oublier. »

Pierre Mauroy

« C'est une fonction sacrificielle, avec une dimension presque christique : Dieu (le président) donne ses fils et ses filles au pays et, à partir de là, on devient une proie. Le peuple a d'ailleurs du goût pour ce spectacle, vos adversaires sont innombrables, la presse déchaînée. Au fond, c'est le plus formidable observatoire de la nature humaine. »

Édith Cresson

« C'est un harassement continuel. »

Raymond Barre

« C'est le job le plus dur de la République. »

Dominique de Villepin

« Je sais que c'est un des grands thèmes de gémissements de ceux qui ont été premier ministre. N'est-ce pas, à les entendre, la mission la plus difficile du monde ? Il faut vraiment une âme d'apôtre, sinon même de martyr pour accepter de jouer un rôle pareil. Moyennant quoi, je n'ai jamais entendu dire que qui que ce soit ait refusé de l'être. »

Édouard Balladur

Introduction

Vingt dilemmes à trancher chaque jour, des ministres qui viennent se plaindre, une litanie de bons et de mauvais sondages, des petits déjeuners politiques, des dîners d'État, des manifestations syndicales et une ribambelle de cocktails mondains. Généralement, Matignon vous lessive un individu normalement constitué en six mois.

Lorsque nous leur avons demandé d'évoquer ces années passées à diriger le gouvernement, beaucoup ont hésité. Dominique de Villepin, encore secoué par ses deux années de pouvoir, pensait qu'« *aucun mot ne pourrait refléter la réalité* ». Lionel Jospin est arrivé, tendu, muni de fiches soigneusement glissées dans sa veste, juste contre son cœur : « *Je ne veux rien oublier. Pour qu'enfin vous compreniez.* » Dans sa langue inimitable, Raymond Barre (décédé quelques mois après notre rencontre) a carrément commencé son récit par la fin, le moment où, groggy, il constata le KO : « *En vérité, après mon départ de Matignon, j'ai mis plus d'un an à retrouver mon pôle de sustentation...* » Et François

Fillon a fait remarquer : « *J'ai la part la plus difficile, puisqu'à l'heure où je témoigne, je suis encore en fonction…* »

Oh, bien sûr, tous n'ont pas gardé de leur vie à Matignon un souvenir épouvanté. Dans les premières minutes de conversation, chacun a même pris un plaisir certain à rappeler la popularité des débuts, la première sortie sur le perron après la passation de pouvoir, les grandes ambitions de réformes et les petites négociations pour constituer un gouvernement. Mais tous ont bien dû se rendre à l'évidence : quelles que soient la nécessité ou l'ampleur des réformes engagées, ils ont presque toujours perdu les élections. Usés et renvoyés dans leurs foyers par un peuple qui pratique un zapping électoral toujours plus brutal.

Ils sont douze premiers ministres de la Ve République, onze hommes, une femme, à avoir accepté de replonger dans ce passé. Jacques Chirac, le seul à avoir occupé deux fois Matignon, n'évoque plus depuis longtemps ce temps où s'est construite son ambition. En 1995, pourtant, c'est aussi parce qu'il gardait le souvenir d'un poste harassant, « *un truc infernal où l'on n'a pas le temps de penser* », disait-il, qu'il eut la certitude que son rival Édouard Balladur ne pourrait mener de front la course à la présidentielle et ses responsabilités à Matignon.

Prenons pourtant les choses à leur début. Est-ce une coquetterie ou une réalité : cette fonction, pour laquelle des dizaines de responsables politiques paraissent prêts à s'écharper, n'est pas de celles auxquelles on avoue s'être préparé. On peut s'échanger, entre anciens, quelques éléments de méthode. Jean-Pierre Raffarin et Édith Cresson, tous deux élus de la Vienne, sont ainsi devenus suffisamment proches pour partager de temps en temps leur expérience autour d'un verre. Pierre Messmer assure avoir donné deux ou trois conseils à Pierre Mauroy et à Michel Rocard. Raymond Barre affirme n'avoir recommandé qu'une chose à Édith Cresson lorsqu'elle fut nommée à Matignon : « *Convoquer chaque semaine la DST et les services secrets afin d'éviter qu'ils ne vous fassent un enfant dans le dos !* » Mais il n'y a pas de liens étroits entre eux et l'hypothèse d'un véritable club des anciens premiers ministres relève du mythe.

En Grande-Bretagne, l'opposition a coutume de constituer ce « shadow cabinet » où plusieurs élus s'attellent à figurer un gouvernement virtuel qui tient lieu d'entraînement avant l'arrivée au pouvoir. En France, peut-être parce que le renouvellement des générations politiques est plus lent, parce que les énarques sont nombreux, parce qu'il est fréquent de passer dans plusieurs gouvernements, rares sont ceux qui reconnaissent être arrivés à Matignon avec un programme de gouvernement bien établi. Sauf Édouard Balladur et François Fillon, presque tous sont arrivés dans un relatif degré d'improvisation. Mais il y a généralement une sorte de superstition à s'imaginer publiquement à Matignon. « *La plupart de ceux qui s'y sont préparés n'y sont jamais parvenus* », note en effet

Raymond Barre. Tout de même, un premier ministre surgi de nulle part et parachuté dans ce maelström de la politique est une vue de l'esprit. Car un ingénu aurait tôt fait d'être entièrement désossé. Mais Pierre Mauroy, arrivé à Matignon sans avoir jamais fait l'Ena ni exercé de fonction gouvernementale, reste – avec Georges Pompidou – une exception sous la Vᵉ République.

Le récit de leurs nominations est bien souvent un morceau d'anthologie. Car il leur faut compter avec l'ambition de leurs rivaux et parfois la volonté perverse du président de la République. À cet égard, Michel Rocard a connu les plus rudes épreuves, lui qui affirme : *« François Mitterrand m'avait nommé pour que je m'effondre. Que je perde ma popularité. Cela a donc été une guerre permanente. Un conflit tel que je suis encore étonné d'avoir tenu trois ans. »* Tenu sous la férule de l'Élysée ou au contraire livré à lui-même, l'autonomie ou la contrainte que vit le premier ministre en dit toujours très long sur le sens politique des présidents de la République. Mais les coups subis à Matignon en révèlent aussi beaucoup sur l'état du pays. Pas un chef de gouvernement qui ne se soit confronté à la versatilité de l'opinion, à sa cruauté, à son aspiration affichée au changement en même temps qu'à son rejet manifesté des réformes. *« On ne fait jamais assez »*, soupire Dominique de Villepin. *« J'ai toujours été frappé du fait que beaucoup de citoyens,* constate amèrement Laurent Fabius, *ont l'impression que le premier ministre arrive le matin à son bureau et se dit : "Qu'est-ce que je vais pouvoir inventer aujourd'hui pour casser les pieds des Français ?"* »

Nous sommes bien obligés de reconnaître que les médias ne trouvent pas davantage grâce à leurs yeux. C'est bien simple, la plupart d'entre eux jugent la presse française épouvantable. Suiviste, agressive, catastrophiste, méchante, superficielle. Et lorsqu'ils veulent lui trouver des circonstances atténuantes, c'est seulement pour reconnaître que leurs collègues britanniques ou allemands sont parfois traités plus durement encore par les journaux de leur pays. Le statut public ou privé du média ne change d'ailleurs rien à l'affaire. Trois, quatre, cinq des premiers ministres interrogés ont gardé en mémoire cette anecdote racontée, paraît-il, par Georges Pompidou. C'était au temps de l'ORTF. L'épouse du président, Claude, était allée inaugurer un hôpital. Le journaliste de la télévision demanda à sa direction s'il devait filmer la visite. Il ne reçut qu'une réponse laconique : « Filmez si incident. »

Ce « filmez si incident », pensent-ils, est la règle. « *C'est sans doute cette pression médiatique qui a le plus modifié les choses entre l'époque où j'ai été premier ministre* (1972-1974) *et l'époque actuelle* », considère Pierre Messmer. « *Toutes les échéances sont dramatisées par les médias,* note Michel Rocard. *Du coup, il est impossible de faire comprendre à l'opinion un problème dans sa complexité.* » « *Lire la presse,* renchérit Édouard Balladur, *ce n'est pas être informé de l'état de l'opinion mais être informé de l'opinion des journalistes. » « La presse ne fait pas tout,* constate, bonhomme, Pierre Mauroy, *mais si vous l'avez contre vous, cela peut vraiment devenir un problème. » « Il faut sans cesse donner de la nourriture pour apaiser la bête,* juge Édith Cresson. *Les photographes voulaient me faire faire tout et n'importe quoi, que je pose aux commandes d'un Mirage, d'un tank, d'un TGV. J'ai toujours refusé, mais tout ce temps dédié à construire une image est autant de temps qui n'est pas donné à l'action. Le pire, c'est que la presse vous donne des leçons sur l'opinion alors que pratiquement aucun journaliste ne fait, comme le font les élus, les permanences et les cafés. »* Quant à Raymond Barre, il décrit avec précision ce fonctionnement qu'il juge pervers : *« Les campagnes de presse commencent toujours de la même manière. Il y a un article dans* Le Monde *le lundi après-midi. L'histoire est reprise par* Le Canard enchaîné *le mercredi, puis dans les hebdomadaires et enfin par la télévision. Heureusement, les campagnes ne durent pas, car les médias ont un défaut qui est notre chance : ils manquent de continuité. Pour ma part, j'ai toujours lu la presse, bien que je considère que la médiocrité du débat économique en France est aussi liée à son fonctionnement. Mais ma détente, lorsque j'étais à Matignon, était de lire le grouillement du microcosme dans* Le Canard enchaîné. *Je n'ai jamais vraiment souffert d'être caricaturé. »* La bonne nature…

Car pour le reste, un premier ministre doit avant tout être blindé. Une cuirasse en acier trempé. Avec quelques ouvertures, tout de même, pour entendre les critiques et les conseils des collaborateurs. *« Et un certain flair pour sentir encore l'opinion,* note Laurent Fabius. *Car c'est cela qui compte. Il faut donc avoir un entourage qui vous dit la vérité et savoir se balader autrement qu'en cortège car sinon, vous n'avez que l'opinion des motards de la sécurité. »*

Le danger est de tous les côtés. Et d'abord dans sa propre majorité. Aucun de nos premiers ministres n'a eu le moindre mot pour évoquer la dureté de l'opposition. Mais plusieurs d'entre eux avaient tant à dire de leurs « amis » politiques, de leur parti, de leurs ministres même… Le chef du gouvernement entretient avec sa majorité un rapport de force quasi permanent. Voir sa famille politique très largement représentée à l'Assemblée est une plaie, l'assurance d'un désordre continuel. Appartenir à un camp doté de plusieurs partis, de plusieurs courants risque aussi d'être une catastrophe, la garantie d'une critique interne constante. Les rivaux ? Ils peuvent se loger au sein même du gouvernement. L'administration ? Elle mesure les faiblesses éventuelles et anticipe les longévités… et peut tranquillement attendre le départ sans avoir jamais mis en application ses projets pourtant votés. Pierre Mauroy rapporte cette anecdote qui en dit long sur l'influence de l'énarchie en politique : *« Quand j'ai ouvert la troisième voie pour accéder à l'Ena* [elle permettait à des personnes venues du milieu associatif ou syndical d'entrer à l'École nationale d'administration], *tous les énarques de mon gouvernement se sont rebellés. C'est d'ailleurs la seule fois, je crois, où une discussion générale s'est instaurée en plein conseil des ministres. Il fallait voir cette bronca ! François Mitterrand me regardait du coin de l'œil. Lorsque nous sommes sortis, il s'est laissé tomber dans un fauteuil, outré : "Vous avez vu, Pierre, cet incroyable esprit de corps ?" Pour moi, le seul problème de la haute administration est celui-là.* » Quant au ministère de l'économie, il est un État dans l'État et il faut entendre Lionel Jospin décrire sa fureur face à l'arrogance de Bercy pour comprendre les difficultés d'un rapport de force qui ne plaide pas forcément en faveur de Matignon.

L'invention de nouvelles techniques de communication, Internet, le téléphone portable ont bien amélioré l'efficacité du premier ministre et assoupli le système de commandement. Rien n'a pourtant allégé le régime d'enfer de Matignon et des cabinets ministériels. En vingt ans, le rythme s'est aggravé. L'opinion s'impatiente, les médias imposent une folle rapidité. « *Le président de la République est élu le 5. Il me nomme le 6. Je mets en place le gouvernement le* 7, égrène Jean-Pierre Raffarin, *et le 8 mai, je suis au garde-à-vous devant l'Arc de triomphe avec ces Champs-Élysées vides comme une épée dans les reins qui vous interdit toute faiblesse* ». Est-ce bien raisonnable quand, dans la plupart des démocraties modernes, les gouvernements se composent en plusieurs semaines, voire plusieurs mois ?

Nous aurions pu écrire une énième thèse sur le rôle des premiers ministres et ce principe si français qui veut que l'exécutif ait deux têtes. Pour l'occasion d'un documentaire[1] et de ce livre, nous avons préféré publier directement les propos de ces chefs de gouvernement qui occupèrent chacun – chacune – une place dans notre histoire personnelle et jouèrent leur rôle dans le roman national du pouvoir. Ils ont tous un art du récit, un maniement de la langue française, une clarté de propos rafraîchissante. Ouvrez ce livre à n'importe quelle page. Vous les entendrez parler… Et peut-être regretter, à l'instar de Jean-Baptiste Charcot, lorsqu'il mourut dans le naufrage de son navire le *Pourquoi pas* : « Avions rêvé davantage. Avons fait du mieux possible… »

1. *L'enfer de Matignon* de Raphaëlle Bacqué et Philippe Kohly, produit par Bruno Nahon (Zadig Productions), en association avec France 5 et Planète (coproduction INA, avec la participation du CNC et le soutien de la région Île-de-France).

1

La nomination

Laurent Fabius apprend sa bonne fortune à la radio. Lionel Jospin l'annonce lui-même sur le perron de l'Élysée. Et Dominique de Villepin force la main du président. Édith Cresson aurait préféré l'économie quand Raymond Barre obtient des garanties. Et Michel Rocard expérimente la cruauté du président en même temps que sa nouvelle vie…

Pierre Messmer : Georges Pompidou m'a annoncé son intention de me désigner comme premier ministre, un an avant que je ne le sois, au moment où il m'a nommé ministre d'État. Il m'avait seulement demandé de n'en parler à personne et lui-même n'en a parlé à personne, ce qui fait que jusqu'au dernier moment, les hypothèses les plus variées ont circulé.

Il faut comprendre quel était l'état d'esprit de Georges Pompidou à ce moment-là. Ce qui était certain, à mes yeux, c'est qu'il avait décidé de changer de premier ministre. Et, je dirais, presque depuis le lendemain de la nomination du premier ministre en exercice, Jacques Chaban-Delmas. Celui-ci avait en effet beaucoup choqué Pompidou par sa théorie sur la nouvelle société. Ce qui, sans le dire, était une rupture et condamnait l'action passée de Georges Pompidou qui avait été six ans premier ministre du général de Gaulle. Le président a donc attendu que son premier ministre fasse la faute. Et lorsque celui-ci a réclamé et obtenu la confiance de la majorité de l'Assemblée afin de s'appuyer sur elle, Pompidou l'a démissionné. Et, comme il me l'avait annoncé, je l'ai remplacé.

Raymond Barre : Je rentrais de vacances, au mois d'août, un dimanche soir, lorsque le téléphone sonne. C'était Jean François-Poncet, le secrétaire général de la présidence de la République : *« Est-ce que vous pourriez venir demain à l'Élysée, à onze heures, le président voudrait vous voir. Mais ne passez pas par la porte officielle, passez par la grille du coq. »* Ça m'étonne un peu, mais je savais par les journaux que le départ de Jacques Chirac était annoncé ainsi que son remplacement par Jean-Pierre Fourcade, et je me disais que sans aucun doute j'allais changer de département ministériel. Mais lequel ? Les finances, les affaires étrangères, je n'en savais rien. Le lendemain, je me présente, le président de la République m'accueille fort aimablement, me demande si les vacances se sont bien passées. Nous parlons pendant deux ou trois minutes de Venise. Puis il me dit : *« Je vous ai fait venir, monsieur le ministre, pour vous demander de prendre connaissance de ces deux lettres. »* C'est une lettre de juillet de M. Chirac au président de la République lui disant qu'il va démissionner. Et d'autre part, la réponse du président de la République lui disant : *« J'accepte votre démission, mais ne le faites pas à la fin juillet car c'est très difficile de régler ces problèmes pendant cette période. Voulez-vous attendre la fin du mois* *d'août ?* » Puis M. Giscard d'Estaing me regarde et me lance : « *Vous connaissez donc la situation. Eh bien je vous ai fait venir parce que j'ai l'intention de vous nommer premier ministre.* » Je dois vous dire que l'effet de surprise est grand…

Le mercredi matin, c'est le conseil des ministres à l'issue duquel Jacques Chirac remet sa démission. J'ai rendez-vous avec le président de la République à 18 heures, et il signe, selon la règle, mon décret de nomination. Puis il m'explique : « *Vous allez sortir et faire sans doute une déclaration devant les journalistes.* » Je lui réponds : « *Monsieur le président, si vous me le permettez, je dirai devant les journalistes que j'ai accepté et que je suis décidé à remplir mes fonctions dans la plénitude de mes attributions. C'est ce que je vous ai demandé il y a deux jours.* » Il m'a donné son accord. Le lendemain, je suis allé à Matignon pour la passation de pouvoir avec M. Chirac. Je l'ai raccompagné jusqu'au perron et c'est en revenant dans le grand bureau que j'ai quelque peu réfléchi à ce qui m'arrivait. Je n'avais pas eu le temps de m'en rendre compte depuis le lundi matin.

Pierre Mauroy : François Mitterrand ne s'était pas déclaré et il s'amusait à entretenir un peu un suspens sur sa candidature à la présidentielle. Michel Rocard souhaitait aussi se présenter et puisque nous étions tous les deux dans l'opposition – des oppositions différentes, mais dans l'opposition au sein du Parti socialiste –, je lui avais précisé d'emblée : « *Si François Mitterrand se présente, je soutiens François Mitterrand.* » Un jour, François Mitterrand souhaite m'inviter au restaurant. On avait l'habitude de se voir, comme ça, tous les mois. Et là, il me dit : « *Je vais me présenter.* » Ah ! c'est une nouvelle ça… Alors je lui confirme : « *Bon, voilà, je vous apporterai mon soutien. – Oui, mais moi,* reprend-il, *j'aimerais bien faire avec vous un ticket.* » J'avais compris, mais je voulais le faire réagir plus avant : « *Un ticket ? Mais en France, il n'y a pas de ticket. Cela n'existe qu'aux États-Unis, un président, un vice-président, mais on ne connaît pas du tout cela en France.* » Mais il sourit : « *Vous m'avez compris. Si je suis élu, c'est à vous que je pense pour être premier ministre. Ça vous va ?* » Et voilà comment j'ai su, six mois à l'avance, que je deviendrais le premier ministre de François Mitterrand si la gauche arrivait au pouvoir le 10 mai 1981.

Laurent Fabius : J'étais parmi les personnes qui pouvaient accéder à de hautes responsabilités, mais enfin, j'étais extrêmement jeune. J'avais 37 ans. Et il y avait plusieurs candidats potentiels, Jacques Delors, Pierre Bérégovoy… Et puis il y avait le premier ministre en titre, qui était Pierre Mauroy. Le gouvernement ne marchait pas de manière fameuse. Et aux élections européennes, le Parti socialiste a fait un score extrêmement faible. Lors de plusieurs déjeuners et petits déjeuners, François Mitterrand avait réuni quelques ministres : il jouait un petit peu comme le chat avec les souris, se livrant à l'exercice cruel qui consiste à demander à chacun des convives qui il verrait comme premier ministre.

Et puis, un jour de juillet 1984, François Mitterrand m'invite à déjeuner et je me retrouve seul avec lui. Ça nous arrivait de temps en temps, en général quand il y avait des décisions importantes à prendre parce que nous avions une grande relation de confiance, et François Mitterrand, qui était un homme très secret, avait besoin aussi de temps en temps de se confier, de dire quelles étaient ses idées à quelqu'un en qui il avait confiance. Mais là, je ne savais pas quel était le cadre de ce déjeuner. On parle de choses et d'autres et au milieu du déjeuner, il me dit : « *Je réfléchis et je vais peut-être changer de premier ministre. – Ah bon, et quand ?* lui dis-je. *Cet après-midi. Alors je réfléchis.* » Là, c'est toujours le jeu du chat et de la souris. « *Il y a plusieurs candidats possibles et vous êtes un de ceux-là, qu'est-ce que vous en pensez ? – Écoutez, président… ma pensée a peu d'importance, c'est vous qui allez décider.* » Et puis on parle de choses et d'autres et, à la fin du déjeuner, il me lance : « *Bah… par rapport à ce que nous avons dit, pour le premier ministre, je vais réfléchir encore et je vous rappellerai.* »

Je rentre dans mon ministère (à l'époque j'étais ministre de l'industrie). J'avais quelques rendez-vous, je les décommande parce qu'il fallait quand même que je réfléchisse. J'étais resté sur l'idée que s'il me parlait de ça, c'est quand même qu'il y avait une chance que ça arrive mais qu'il allait me rappeler pour me le dire. Il ne m'a pas rappelé du tout et dans l'après-midi, c'est la radio qui a annoncé : « *Laurent Fabius va être nommé premier ministre.* »

Michel Rocard : J'étais vraiment convaincu que nous étions dans une impossibilité de travailler ensemble et de cohabiter, donc j'étais très tranquille et très peinard, comme on dit familièrement. Je suis à mon bureau le lendemain de l'élection présidentielle en train de répondre à quelques demandes d'interviews, en train d'écrire quelques articles, lorsque ma secrétaire m'apprend (le président ne me prend pas au téléphone) qu'il me convie à déjeuner le lendemain, mardi. Nous allons donc tomber le mardi 10 mai, qui sera l'anniversaire, le septième anniversaire de sa première élection, et qui est deux jours après sa réélection. Je ne sais rien de plus. Je passe un moment à me demander si c'est le grand déjeuner d'apparat pour cet anniversaire (ceux-là pouvaient atteindre quatre cents personnes), mais ma secrétaire apprend que nous serons modestement quatre, lui et moi compris.

Le matin même du déjeuner, j'apprends que je suis convié à la table du président avec Pierre Bérégovoy et Jean-Louis Bianco. Bref, nous voilà tous les quatre, moi n'ayant rien préparé du tout, pas d'équipe, pas de ligne directrice, pas de programme. Je me considérais comme un accompagnateur modeste du processus de sa réélection. Il nous fait entrer dans la petite bibliothèque. C'est un lieu convivial, intime, petit, un des coins les plus délicieux de ce palais de l'Élysée qui est morne et ne comporte pas beaucoup de coins délicieux.

Le président nous place. Pas d'apéritif : c'est un monde qui travaille. À sa droite, il place l'homme de sa confiance, son plus proche collaborateur, Jean-Louis Bianco. En face, il met l'autorité légitime la plus forte qui est celle de son ancien ministre d'État, Pierre Bérégovoy, qui avait aussi été son secrétaire général de l'Élysée et avait toute sa confiance. Et puis moi-même, mais j'étais à la gauche du président, là où le protocole place les invités de moindre importance... Le président, comme à son habitude, nous décrit les travers et les drames de notre pays avec talent. Nous sommes respectueux, polis, bien élevés et nous avons des hochements de tête approbateurs, voire quelques grognements mais nous n'intervenons pas. Aucun de nous trois ne s'en croit l'autorité. La viande se termine, on n'en est pas encore tout à fait au fromage, et tout à coup, le président a cette phrase tout à fait étonnante : *« Il ne faudrait tout de même pas oublier que dans une heure et quart »*, et il regarde sa montre, *« je vais nommer un premier ministre. »* Et il cueille le regard de Bérégovoy qu'il ne va plus quitter. Il parle en regardant Bérégovoy qui est pour lui un collaborateur proche, un ami, depuis longtemps. Depuis plus longtemps que Bianco, même si en proximité Bianco avait probablement remplacé Bérégovoy. Et nous entendons : *« C'est un exercice purement politique qui est totalement étranger à toute catégorie intellectuelle connue sous le nom d'amitié, de confiance, de fidélité ou de choses de ce genre. En fait, la nomination d'un premier ministre, c'est le résultat de l'analyse d'une situation politique.* » Je lis sur son visage que Bérégovoy commence à ne pas prendre cela très bien. Moi je regarde obstinément le fond de mon assiette. François Mitterrand continue : *« Et l'analyse de la situation politique actuelle est claire, il y a une petite prime pour Michel Rocard. »*

« Petite prime pour Michel Rocard »... Mon pauvre ami Bérégovoy passe du rouge au vert et au violet. Tout le monde a compris. Et un long silence suit. Comment voulez-vous que je me permette de commenter ? Je ne commente donc pas. Et nous repassons à la préparation du traité d'acte unique et la finition du marché commun européen. Pendant le dessert, le monologue du président reste centré sur l'Europe. Et puis, chose inouïe, on nous offre les liqueurs, ce qui est rarissime. Naturellement personne n'en prend, nous sommes des gens sérieux. Mais c'est dans le fait d'offrir les liqueurs que nous avons compris qu'il y avait quelque chose de spécial dans ce déjeuner.

C'est donc à peu près trois quarts d'heure après la phrase sans commentaire, sans additif, sans autres indications – phrase ambiguë mais que j'ai quand même prise pour une certitude –, que nous sommes conviés à nous lever, à saluer l'hôte de ces lieux et à nous en aller. Et à partir du moment où paisiblement et accompagné des huissiers, je franchis le perron de l'Élysée, j'entre naturellement dans la frénésie de Matignon…

Édith Cresson : J'étais en train de visiter une usine à Argenteuil, un matin, lorsque le président de la République, François Mitterrand, téléphone et me dit qu'il souhaite que je vienne déjeuner à l'Élysée, le jour même. J'avais déjà promis aux salariés de l'entreprise que je visitais de déjeuner avec eux, mais je me suis décommandée et je suis donc allée à l'Élysée.

Le président revenait du golf et m'a reçu dans ses appartements particuliers. Il m'a entretenue de la politique du moment, des difficultés qu'il avait, disait-il, avec Michel Rocard, du fait que tout cela n'était pas satisfaisant… Je connaissais ce discours depuis déjà longtemps et finalement je suis sortie du déjeuner sans comprendre pourquoi il avait tenu à m'inviter dans une telle urgence. Mais il m'a réinvitée une deuxième fois, pour me resservir le même topo, son mécontentement du gouvernement, le fait que c'était une période difficile… C'est au troisième déjeuner qu'il m'a dit : *« Voilà, je pense à vous pour succéder à Michel Rocard, comme premier ministre. »* Je subodorais bien qu'il préparait quelque chose, pour m'avoir invitée ainsi plusieurs fois de suite. Je pensais qu'il allait m'offrir ce que j'aurais voulu avoir, c'est-à-dire le ministère de l'économie et des finances, avec l'industrie, pour redynamiser le tissu économique et prendre des mesures qui manifestement s'imposaient. Et je le lui ai dit : *« Voilà, c'est ça que je voudrais avoir. Mettez plutôt Pierre Bérégovoy à Matignon puisqu'il en rêve depuis vingt ans. Ce sera très bien. »* Il n'a rien voulu entendre. Je n'ai pas donné ma réponse tout de suite, cependant. J'ai demandé plusieurs jours de réflexion, et commencé par dire non. Mais il a beaucoup insisté : *« Je ne veux pas quitter mes fonctions de président de la République avant qu'une femme ait occupé ce poste de premier ministre. »* Il m'avait déjà tenu ce langage lorsqu'il m'avait proposé en 1981 le ministère de l'agriculture en me disant : *« Ça serait une provocation de mettre une femme à l'agriculture. »* Et je l'avais accepté aussi un petit peu pour cela. Mais là, je dois dire que j'ai été très surprise de sa proposition.

Je me souviens avoir alors soupiré devant le président : *« Ils seront furieux. »* *« Ils seront furieux »* voulait dire, très exactement, que ceux qui auraient souhaité pour eux-mêmes cette fonction prestigieuse de premier ministre, Pierre Bérégovoy notamment, ceux-là n'admettraient pas de voir cette opportunité leur échapper. D'autant que nous arrivions à la fin du deuxième septennat de François Mitterrand et qu'il n'y aurait probablement aucune autre chance pour ceux qui attendaient depuis longtemps.

Édouard Balladur : Depuis un an ou deux, j'étais présenté, dans les enquêtes d'opinion, comme le premier ministre le plus vraisemblable. Ce qui conduisait d'ailleurs un certain nombre de personnalités plus ou moins proches à venir me trouver pour m'expliquer qu'elles étaient toutes disposées à s'entremettre pour me faire rencontrer M. Mitterrand, ce que j'ai refusé. Le lendemain des élections législatives, c'était le 29 mars 1993, je suis allé à mon bureau et vers la fin de la matinée, Hubert Védrine (le secrétaire général de l'Élysée) a manifesté le désir de me rencontrer. Nous nous sommes vus pendant une heure. Il prenait très soigneusement des notes sur un cahier. Et il m'a dit quand nous nous sommes quittés, aux environs d'une heure de l'après-midi, qu'il reprendrait contact dans l'après-midi. Très bien. L'après-midi, je n'ai vu personne, je n'ai téléphoné à personne. Je suis allé voir une exposition en fin d'après-midi sur Aménophis III, le père du pharaon hérétique, dont l'histoire s'est mal terminée. Et puis au retour, François Mitterrand a pris la parole à la télévision pour annoncer qu'il me nommait premier ministre. Il ne m'avait pas téléphoné, personne ne m'avait informé.

Alain Juppé : Jacques Chirac ne m'en a parlé qu'assez tard, au début de l'année 1995. Contrairement à ce qu'on peut imaginer, avec le recul du temps, il ne m'avait pas préparé véritablement à cette annonce. J'avais un peu mon intime conviction, mais je pense qu'il a voulu laisser planer le suspense jusqu'au bout pour ne pas décourager certaines espérances, ici ou là. Quand j'y repense, je ne m'y suis pas bien préparé. Pour une raison d'ailleurs assez simple : j'étais ministre des affaires étrangères et j'ai assumé ma responsabilité au Quai d'Orsay jusqu'au bout. Il se trouve qu'au cours du premier semestre de l'année 1995, la France assurait la présidence de l'Union européenne. Et donc c'est un poste très exigeant pour le ministre du pays qui assure la présidence. J'ai commencé mon année 1995 par une tournée des popotes, si je puis dire, d'ailleurs je suis allé dans toutes les capitales européennes, à l'époque, il y en avait quinze. Et donc je n'étais pas à Paris. Et du coup, je suis passé assez brutalement de ce travail-là à l'installation à Matignon.

Lionel Jospin : J'ai été voir, le lundi suivant le deuxième tour des législatives consécutives à la dissolution de 1997, le président de la République à sa demande à l'Élysée. Jacques Chirac m'a dit qu'il me proposait, comme il était normal, d'être le chef du gouvernement, et avant de sortir de son bureau je lui ai dit : « *Écoutez, la presse va être dans la cour de l'Élysée. Est-ce que je ne leur réponds pas ou est-ce que je leur dis que vous m'avez proposé ce poste et que je l'ai accepté ?* » Et il m'a répondu tout simplement : « *Oui, dites-leur.* » J'ai donc annoncé ma nomination et on en a fait comme le geste d'une affirmation d'autonomie.

Jean-Pierre Raffarin : Le président avait bien veillé à ce qu'aucune tête ne dépasse pendant toute la campagne présidentielle de 2002. Lors d'un meeting à Poitiers, la région que je présidais, Jacques Chirac m'avait cependant fait monter sur scène après son discours, ce qui était inhabituel et beaucoup de journalistes avaient alors expliqué : *« C'est un signe ! »* Dès le lendemain, cependant, Jean-Louis Debré, un proche du président, avait invité Nicolas Sarkozy pour lequel il est notoire qu'il n'a pas beaucoup d'amitié, et j'y avais vu un signe, cette fois en faveur de Nicolas Sarkozy. Quelques jours plus tard, c'est François Fillon qui avait été désigné par Chirac pour le représenter sur un plateau de télévision.

Les uns et les autres, nous étions donc tenus à égalité, avec beaucoup de sympathie, beaucoup de générosité de la part du président, mais aucun signe distinctif. Le soir du second tour, nous sommes à son siège de campagne. Je félicite le président réélu, je m'attends à ce qu'il dise quelque chose à l'un d'entre nous. Il y a là Philippe Douste-Blazy, Alain Juppé, Mme Chirac, Nicolas Sarkozy et tous les autres. Mais lorsque j'annonce au président que je vais sur les plateaux de télévision, il me recommande simplement : *« Alors tu sais, hein, pas de triomphalisme, c'est mon seul message. »* Il ne me dit même pas : *« Allez, dors bien cette nuit, la journée de demain sera chargée. »* Rien. C'est seulement sur le plateau de télévision de TF1, où j'ai un écran de contrôle, que je vois Sarkozy, qui est sur France 2 et je vois qu'il fait une triste mine. C'est mon seul véritable indice : « s'il fait une mine pareille, c'est que ce n'est peut-être pas lui. »

Le lendemain matin, Olivier Mazerolle, qui dirigeait l'information à France Télévisions, m'appelle pour me demander : *« Nous voudrions vous avoir dans notre journal de 20 heures ce soir, vous allez être le premier ministre. »* J'ai à peine raccroché que ma sœur me téléphone : *« Je viens de voir la télévision, il y a trente journalistes en bas de chez toi, ils disent tous que tu vas être premier ministre. »* Je reste cependant une bonne partie de la matinée tranquillement chez moi sans un signe de l'Élysée. Mais à 11 heures, Dominique de Villepin, alors secrétaire général de l'Élysée, m'informe que le président veut me voir dans une demi-heure. J'y arrive avec cinq minutes d'avance, ce dont Villepin que je rencontre dans l'escalier me fait le reproche. Puis le président me reçoit trois minutes plus tard et me lance : *« J'ai décidé de te nommer premier ministre. »*

Je dois ajouter qu'entre les deux tours de l'élection présidentielle, j'avais déjeuné avec Dominique de Villepin, sur les quais de la Seine, et il m'avait annoncé : *« Je pense que tu seras premier ministre. »* Il ne m'affirmait pas que c'était certain, mais il me laissait penser que c'était très possible. Je suis assez prudent parce que je suis habitué aux flatteurs et à tous ceux qui vous disent ce qu'ils croient que vous avez envie d'entendre. Donc, j'avais pris cela avec modération et tempérance.

Mais il est apparu, dans la suite de notre discussion, qu'il y avait un scénario évident, qui était que je serais le premier ministre et que lui serait le second chef de gouvernement. Je ne savais pas alors si c'était lui et lui seul qui pensait cela ou si, parce qu'il m'avait proposé d'être le premier, je lui avais rendu la politesse en lui proposant d'être le second, mais nous étions sortis du déjeuner avec ce scénario en tête. Et ce scénario s'est finalement déroulé.

Dominique de Villepin : Quand j'avais déjeuné avec Jean-Pierre Raffarin pour lui annoncer qu'il serait sans doute bientôt nommé premier ministre, je lui avais aussi expliqué avec insistance : *« Jean-Pierre, Matignon, c'est difficile, c'est très difficile. Certains s'y habituent et certains y prennent goût. Il faudra aussi savoir partir. Le temps à Matignon est compté… »*

Quand la défaveur a accompagné la fin de son gouvernement, j'ai vu qu'il ne tournait pas la page facilement, qu'il avait du mal à comprendre les signaux qui lui étaient envoyés par les désaveux successifs que représentaient nos échecs aux régionales, aux européennes, au référendum sur la Constitution européenne. Jacques Chirac a lui-même toujours beaucoup de mal à se séparer des gens qui l'ont servi. Il a eu d'immenses difficultés à se séparer d'Alain Juppé en 1997 et il n'y aurait pas eu de dissolution si Jacques Chirac avait pu tourner la page et nommer quelqu'un d'autre. Mais il fallait trouver du sang neuf, un élan nouveau.

J'ai donc eu l'occasion à plusieurs reprises de m'en entretenir avec Jacques Chirac dans la période qui a précédé ce changement. Le président hésitait.

Bien sûr, il y avait l'option Nicolas Sarkozy. Sarkozy aurait pu, dès le début du quinquennat, être un bon candidat pour Matignon. Il était le chef naturel de la famille politique, l'UMP, mais visiblement Jacques Chirac n'était pas prêt, une nouvelle fois, à franchir ce Rubicon. Il résistait à cette tentation, convaincu que l'antagonisme, la différence de culture politique, j'allais dire aussi de culture d'homme entre Nicolas Sarkozy et lui, aurait rendu cet attelage tout à fait improbable. Qui alors ? Il y avait Michèle Alliot-Marie, dont les qualités sont grandes, qui avait fort bien réussi au ministère de la défense et qui pouvait apparaître comme une carte. Et là, j'ai bien senti que Jacques Chirac hésitait entre deux options. La première consistait à terminer le quinquennat en faisant en sorte que les choses soient le plus lisses possible après la série d'échecs électoraux.

Mais l'idée de s'accommoder d'une fin de quinquennat aussi tranquille soit-elle ne paraissait pas suffisante. Il fallait donc peut-être reprendre l'initiative et c'est alors qu'il m'a posé la question de savoir si je serais éventuellement prêt à accepter cette mission. Je lui ai dit naturellement que j'étais prêt à relever ce défi. L'hésitation s'est poursuivie pendant plusieurs semaines et le choix final de Jacques Chirac, dans la dernière conversation que j'ai eue avec lui, a été très claire. « *Dominique,* m'a-t-il dit, *vous pouvez aujourd'hui choisir : soit vous n'êtes pas candidat et vous poursuivez votre carrière ministérielle et vous serez alors en piste pour l'élection présidentielle. Dans quelle situation, dans quel contexte, avec quelle opposition, dans quel état sera la majorité, nous n'en savons rien aujourd'hui, mais vous serez un candidat crédible pour diriger notre majorité. Ou alors vous acceptez ce qui est aujourd'hui une tâche très difficile, voire impossible, de prendre les rênes de Matignon et alors il faut faire une croix sur toute ambition personnelle et présidentielle et… essayer de porter une nouvelle ambition pour le gouvernement et pour la majorité.* » Je lui ai dit : « *Écoutez, monsieur le président, les choses sont claires, j'accepte Matignon.* » Puis-je dire, vu ainsi, qu'il me l'avait proposé ou qu'il ne me l'avait pas vraiment proposé ?

François Fillon : Nous en avons parlé environ un an avant l'élection présidentielle, lorsque nous avons commencé à mettre en œuvre l'organisation de la campagne et le projet politique. Nicolas Sarkozy m'a alors dit : « *Tu seras premier ministre.* » Pour être complètement franc, je me suis installé dans une position qui consistait à ne pas être totalement certain que cela se ferait, même si lui me le répétait quasi quotidiennement. Et puis, au lendemain de la présidentielle, il me l'a proposé formellement.

Avec Nicolas Sarkozy, nous nous étions juré : *« Nous arriverons au lendemain de l'élection présidentielle avec une équipe gouvernementale totalement formée, avec des projets prêts, avec des cabinets constitués. »* La réalité, c'est que nous ne sommes pas allés jusqu'à ce niveau de préparation. Sans doute parce qu'il y a une sorte de superstition qui fait que l'on croit que si l'on va trop loin dans la préparation de son équipe, dans la constitution de son gouvernement, on tente le mauvais sort, d'une certaine façon.

2

Premiers jours

Où chacun découvre l'état catastrophique des finances du pays. Comment annoncer une dévaluation au « peuple de gauche » en liesse ? s'inquiète Pierre Mauroy. Alain Juppé transmet une note économique à Lionel Jospin qui s'en offusque. Chirac décrit à son « vieux copain » Rocard la cruauté de Mitterrand.

Raymond Barre : En arrivant, j'ai procédé tout de suite à des consultations de hauts fonctionnaires en qui j'avais confiance : le directeur du Trésor, le directeur des prix, le commissaire général du plan et le gouverneur de la Banque de France. Ils me dépeignent la situation financière de la France : les réserves sont très basses, quelques mois pour faire face aux importations et, par conséquent, il faut rétablir la monnaie. Cela va tout à fait dans mon sens puisque je considère personnellement que la base d'une politique, c'est la stabilité de la monnaie. Il y a un deuxième problème, que sont les revendications salariales. Je reçois tous les représentants de l'agriculture, des syndicats, les représentants du patronat. C'est un tohu-bohu de revendications. Chacun dit que sa situation est mauvaise et qu'il faut qu'il soit aidé. Et les plus revendicatifs sont bien sûr les agriculteurs. Ils demandent de l'argent et on n'en a pas. Je ne veux pas adopter une politique draconienne de déflation, ce ne serait pas possible, parce que l'opinion française ne l'accepterait pas, et donc je vais d'une part mettre en œuvre une politique monétaire qui réduise la pression de la monnaie sur les prix puis une politique budgétaire extrêmement stricte, car nous commençons à nous endetter.

Enfin, il y a le problème du pouvoir d'achat et des rémunérations. Je m'efforce d'expliquer à mes interlocuteurs qu'on ne peut pas continuer à avoir 5 à 6 % de pouvoir d'achat par an. Qu'il faut revenir à une modération des rémunérations. Il y a un troisième point sur lequel il faut que j'agisse, c'est le choc pétrolier. Il faut mettre en œuvre une politique d'économies d'énergie puissante, et j'augmente le prix de l'essence, parce qu'il n'est pas possible, alors que le prix de l'essence a flambé, de continuer à vendre aux Français de l'essence à un prix d'avant 1974. Enfin, je demande à Christian Beullac de reprendre en main le ministère du travail et d'autoriser les licenciements qui sont nécessaires. Mais en demandant aux entreprises qui vont faire ces licenciements de se comporter d'une manière correcte à l'égard des salariés. Voilà la politique que je veux faire.

Pierre Mauroy : Le 21 mai, jour de la passation de pouvoir entre Valéry Giscard d'Estaing et François Mitterrand et entre Raymond Barre et moi-même, une voiture nous attendait et nous sommes partis le président et moi à l'Arc de Triomphe pour déposer une gerbe. C'est à ce moment-là que, finalement, j'ai pris conscience que j'allais être premier ministre, que bien des problèmes alors se posaient et que je ne savais pas par où commencer pour les résoudre. Il y en avait un qui m'obsédait en particulier : la dévaluation. Je ne voulais pas la faire le jour où nous arrivions au pouvoir. Parce qu'une dévaluation, c'est négatif, et franchement, le jour où François Mitterrand arrive à l'Élysée était un jour de fête. J'étais donc opposé à cette idée et le président de la République était d'accord avec moi. Mais lui, il était accaparé par tous ces applaudissements, cette foule pendant que nous remontions les Champs-Élysées. C'était un jour tout à fait extraordinaire, quoi. J'aurais eu envie de lui parler de la dévaluation, je suis persuadé qu'il n'aurait même pas entendu ma question…

Au déjeuner, nous retrouvons quelque deux cents personnes qui représentent les corps constitués. Je pense toujours à ma dévaluation. Je sais que je vais avoir une réunion, à 16 heures, que M. Barre m'attend pour la passation de pouvoir. J'y vais. Cela se passe de façon très courtoise et même cordiale, on aborde un certain nombre de problèmes, mais pas la dévaluation. Ensuite, je rejoins la rue Soufflot, pour la grande cérémonie du Panthéon à laquelle le président m'a précédé. Et je rentre enfin pour rencontrer ceux que j'avais conviés à une réunion sur la dévaluation. J'étais déterminé à ne pas la faire. Et je dois dire que le gouverneur de la Banque de France partageait aussi le sentiment que ce n'était pas le jour pour le faire. Sauf qu'il fallait prendre beaucoup de dispositions pour que, finalement, il n'y ait pas de fuite des capitaux, pour qu'au niveau des changes, les lendemains soient relativement calmes… Je me souviens qu'ensuite, on est venu me quérir pour me présenter le personnel de Matignon. Cela posait moins de problème que la dévaluation. Et le maître d'hôtel s'est avancé vers moi en me lançant : *« Ah ! mais moi, j'ai servi Guy Mollet. »* Et j'ai compris tout de suite : *« À Matignon, les maîtres d'hôtel restent et les premiers ministres passent. »*

Édith Cresson : François Mitterrand s'était exprimé publiquement en affirmant qu'il m'avait nommée pour redresser les entreprises, lutter contre le déficit de la Sécurité sociale, prendre les mesures qui s'imposaient pour le grand marché unique de 1993 et donc redynamiser l'ensemble du système. Vouloir faire cela dans la seconde partie du deuxième mandat, c'est un peu court comme délai, et c'est difficile. Lorsque je suis arrivée, il y avait des problèmes très importants qui n'avaient pas été réglés. On était en effet devant un déficit de la Sécurité sociale gigantesque et j'ai dû augmenter les charges sociales d'emblée. Les experts s'étaient trompés dans leurs prévisions – ça, vous me direz, c'est une chose qui est à peu près constante – et il y avait 80 milliards de francs de recettes en moins. Le déficit du commerce extérieur était déjà grave et le chômage allait croissant. Lors de la passation de pouvoir, Michel Rocard m'a montré où était le code pour le bouton de l'arme atomique dont il était quand même peu probable que j'aie à me servir, mais il ne m'a pas beaucoup introduite dans les véritables problèmes que j'aurais à affronter immédiatement – des problèmes notamment économiques et sociaux extrêmement difficiles à résoudre.

Alain Juppé : En succédant à Édouard Balladur, mon premier objectif était de qualifier la France à l'euro. Et lorsqu'on m'a donné les comptes précisément et que j'ai compris que les déficits publics tournaient autour de 5,6 % du produit intérieur brut, alors que les critères de Maastricht tournaient autour de 3 %, cela m'a fait un peu froid dans le dos. Et puis, tous les chiffres n'étaient pas sur la table. La situation exacte de la Sécurité sociale n'était pas connue, la situation budgétaire ne l'était pas non plus. J'ai découvert par exemple que certaines dépenses annoncées n'étaient pas budgétisées, comme, par exemple, la prime de rentrée scolaire. Il y en avait pour plusieurs milliards de francs... Aussi, lorsque j'ai cédé la place à Lionel Jospin, deux ans plus tard, lui ai-je remis une note le jour de la passation de pouvoir, qui faisait l'état des lieux sur le plan budgétaire et financier où j'écrivais notamment noir sur blanc : « *Je suis arrivé avec 5,6 de déficit, je repars à 3,6.* » Il a fait faire un audit ensuite qui a confirmé ces chiffres. Et nous n'en avons plus jamais parlé. L'entretien n'avait pas été chaleureux parce que ce n'est pas un homme chaleureux…

Lionel Jospin : Cette passation de pouvoir m'a surpris sur un point qui m'a aussi en même temps fait un peu sourire. Alain Juppé n'avait pas grand-chose à me dire et on peut le comprendre, honnêtement ; j'ai connu cette situation après. Mais tout d'un coup, à la fin de notre entretien, il m'a sorti un papier, une note qui émanait, semble-t-il, de travaux faits au ministère de l'économie et des finances. Qui me faisait un diagnostic de la situation de la France et notamment de la situation économique et financière et qui semblait devoir me guider pour ma propre politique. J'ai pris la note qu'il me transmettait en lui laissant entendre que je conduirais, naturellement, librement la politique économique que je pensais bonne pour le pays. Je n'ai pas suivi les conseils d'Alain Juppé qui me proposait de serrer toutes les manettes et j'ai bien fait parce que la politique que nous avons suivie a permis effectivement de relancer la croissance. Mais j'ai trouvé cette idée que M. Juppé, faute d'avoir pu appliquer lui-même cette politique, allait en quelque sorte me l'« imposer » pouvait faire sourire.

Jean-Pierre Raffarin : La passation de pouvoir ce n'est pas : « *Voilà les grands dossiers, voilà les grands problèmes de la France, voilà les codes secrets, voilà les informa-*

tions », non, c'est un rendez-vous assez formel, plutôt cordial mais sans grand intérêt. La cérémonie avec Lionel Jospin a été sans particularité. Mais c'est lorsque je me suis retrouvé dans ce grand bureau de Matignon, seul quelques instants, que j'ai vu l'ampleur de la tâche. Nous étions à moins de 24 heures de l'élection présidentielle, j'étais premier ministre, j'avais quarante membres du gouvernement à nommer en 24 ou 48 heures. Soixante-dix membres de cabinet et un grand nombre d'acteurs de la vie publique.

Michel Rocard : M. Chirac est pour moi un vieux camarade d'études à Sciences-Po. Nous nous tutoyons bien entendu, et la passation de pouvoir était pour moi un moment émouvant mais non dépourvu d'humour. En même temps que notre réunion en tête à tête de premier ministre à premier ministre, a lieu la réunion de directeurs de cabinet qui ont à traiter d'intendance. L'État marche 24 heures sur 24, il y a toujours des problèmes, il y a toujours des choses en cours et une transmission nécessaire.

Le bureau du premier ministre est d'abord superbe, il est dans l'un des plus beaux bâtiments de Paris, l'hôtel Matignon, le parc est ravissant et charmant, mais le bureau lui-même est bordé de trois portes molesquinées pour des raisons d'insonorisation. Il n'empêche que nos éclats de rire ont indisposé, ou surpris en tout cas, nos directeurs de cabinet qui étaient dans la pièce à côté. Il y a d'abord le formel, la transmission des codes secrets de commande de la force de frappe, en cas d'indisponibilité du président de la République. Et puis, tout premier ministre sur le départ doit recaser la plupart de ses collaborateurs : *« Tu dois recaser celui-là, il est très digne de la République, il est peut-être pas de tes opinions, mais quand même, sa carrière, etc. »* Ensuite Chirac m'a fait un numéro totalement incroyable sur la Nouvelle-Calédonie. Parce que enfin, au moment où nous parlons, c'est cinq jours après qu'il a obtenu de François Mitterrand l'acceptation de confirmer son ordre à lui, qui était l'assaut militaire de la grotte d'Ouvéa : dix-neuf morts, du sang partout, deux blessés canaques, dont on commence à savoir qu'ils ont été achevés à coups de bottes par des officiers de l'armée française, et puis le drame, la guerre civile ouverte et commencée. Et j'obtiens de Jacques Chirac une présentation à sa manière du problème de la Nouvelle-Calédonie. Comme je savais qu'il quittait le pouvoir et que j'allais devoir m'en charger, je n'ai pas éprouvé le besoin d'engager de controverse doctrinale. Mais il était clair qu'il n'avait absolument rien compris au problème et qu'il n'était pas dans la situation, ni mentale ni de culture historique, de lui trouver une solution.

Mais il y a eu aussi dans cette passation de pouvoir un épisode tout à fait chaleureux : Jacques Chirac a entrepris de me donner une manière de mode d'emploi de François Mitterrand. J'étais membre du même parti que lui depuis dix-sept ans, je connaissais donc assez bien Mitterrand, mais pas comme lui, Chirac, le connaissait. Et il m'a dit cette phrase si vraie : « *Méfie-toi, c'est quand il est le plus souriant et le plus affable que son poignard est le plus près de ton dos.* »

3

Casting gouvernemental

Quand Mitterrand impose ses ministres à Michel Rocard et Édith Cresson. François Fillon et Alain Juppé redessinent l'architecture de leurs gouvernements. La liberté d'Édouard Balladur et de Lionel Jospin, premiers ministres de cohabitation. Passages obligés, caprices et curriculum vitæ.

Édith Cresson : Je n'ai pas pu constituer le gouvernement que j'aurais souhaité, puisqu'un certain nombre de ministres m'ont été imposés par le président de la République. François Mitterrand avait une petite liste à côté de lui sur son bureau et il m'énumérait des noms de ministres dont il voulait qu'ils soient dans le gouvernement. Il m'a même dit : *« Ça serait bien de prendre une petite beur qui s'appelle Kofi Yamgnane. »* En sortant de son bureau, j'ai appris que ce n'était pas une petite beur, mais un homme, et qu'il était d'origine africaine. Il a été très bien, je n'ai pas eu du tout à m'en plaindre, mais ce que je veux dire, c'est que la liste que le président avait à côté de lui était manifestement soufflée par quelqu'un, et ce quelqu'un c'était Laurent Fabius.

Moi j'ai pu faire entrer Dominique Strauss-Kahn et Martine Aubry. Ce furent les deux seules personnalités vraiment nouvelles à des postes un peu significatifs que j'aie pu nommer réellement. Autrement, le gouvernement ressemblait comme deux gouttes d'eau au précédent, ce qui fait que ce n'était pas très crédible devant l'opinion publique, évidemment, de changer le premier ministre sans changer le gouvernement. Et tout le monde voyait bien que je n'avais pas pu constituer ce gouvernement selon mes vœux, dans les ministères les plus importants.

Michel Rocard : François Mitterrand s'est amusé à jouer à la Constitution. Il a donc exigé que je fasse une proposition de gouvernement complète. Je n'avais pas le moindre doute sur ce qui se passerait. Nous étions d'accord au moins sur une chose, c'est qu'il vaudrait mieux un gouvernement court. Mais puisque le Parti socialiste avait fait moins de 42 % de voix au second tour des législatives, le président m'a donné la consigne, stupéfiante pour moi, mais elle m'a beaucoup plu, de lui proposer un gouvernement dans lequel les membres du PS seraient au maximum la moitié. Reste que naturellement, je me doutais que les hommes de sa confiance seraient probablement validés. Aussi n'ai-je pas hésité un instant à lui proposer Pierre Bérégovoy à l'économie et aux finances, Pierre Joxe à l'intérieur, Jean-Pierre Chevènement à la défense.

J'ai osé cependant me permettre cette question : *« Monsieur le président, pensez-vous qu'il soit très nécessaire de prendre comme ministre des affaires étrangères un personnage certes talentueux mais aussi discuté que Roland Dumas. »* Discuté n'est pas un mot infamant, c'est un constat de fait. Le regard se durcit : *« Vous n'y pensez pas, ce sera Roland Dumas.* » J'ai osé autre chose. Avec toutes les affaires financières qui couraient, il était possible que nous ayons un conflit politique ouvert avec la profession judiciaire. « *Et ça, monsieur le président, vous êtes d'accord avec moi pour constater que c'est gravissime. Ma proposition serait de nommer comme garde des Sceaux le plus haut magistrat de France, Simone Rozès, premier président à la Cour de cassation de Paris.* » Réponse extrêmement sèche du président : « *Vous n'y pensez pas, c'est une adversaire ! Ce sera Pierre Arpaillange.* » Voilà comment s'est nommée la garde noire du gouvernement.

François Fillon : La vérité, d'abord, c'est qu'on en avait beaucoup parlé avant, Nicolas Sarkozy et moi. Et on avait quand même une architecture en tête. On s'était fixé la règle de quinze ministres, ce qui est une contrainte très forte. On a voulu innover en redécoupant le ministère des finances, en modifiant l'organisation du ministère du travail et celle du ministère de l'environnement. Sur les hommes, aussi, nous avons beaucoup parlé. Et contrairement à ce que les gens pensent, il y a plus de membres du gouvernement qui correspondent à des propositions que j'ai faites ou à des choix que j'ai défendus que ce qui est écrit ici ou là. Nous n'avons pas eu de sujet de désaccord. C'est-à-dire que le président de la République ne m'a imposé personne dont je n'aurais pas voulu.

Alain Juppé : J'avais l'idée, comme tous les premiers ministres, de faire un gouvernement ramassé. Je n'ai jamais entendu un premier ministre dire qu'il voulait faire un gouvernement pléthorique. Sur l'architecture ? Pardon d'être peut-être un peu moins imaginatif que d'autres, mais les grandes fonctions dans l'État, on les connaît. Il faut un ministre des finances, il faut un ministre des affaires étrangères, il faut un ministre de l'éducation nationale, enfin, je peux rallonger la liste. Il y a dix ou quinze postes qui sont absolument incontournables. Alors, on peut innover, on peut mettre l'accent ici ou là sur telle ou telle fonction nouvelle, mais au total, l'architecture du gouvernement, dans ses fondements mêmes, est à peu près donnée. Ce que j'avais essayé de faire, c'était de répartir les responsabilités dans le domaine social, puisque l'un des objectifs essentiels du président de la République était de lutter contre la fracture sociale. J'avais donc réparti les compétences sur la famille, l'assurance maladie, la solidarité, l'emploi, en nommant un ministre, en général des femmes d'ailleurs, pour donner l'impulsion. Quelques mois plus tard, je me suis rendu compte que c'était une erreur et qu'on avait besoin au contraire d'unifier ce domaine-là pour, précisément, qu'il y ait un leadership fort sur ces matières. On tâtonne toujours un petit peu. Et puis intervient, dans la formation du gouvernement, la préoccupation des dosages politiques. Toutes les sensibilités de la majorité parlementaire sont-elles bien représentées ? Et ceci amène alors à l'inflation gouvernementale et donc, en partant de l'idée de faire un gouvernement à dix ou quinze, on se retrouve avec trente ou quarante, et tous les gouvernements, à quelques unités près, tournent autour de la trentaine, trente, trente-cinq et c'est à ce résultat que je suis arrivé aussi.

Lionel Jospin : Je voulais un gouvernement resserré et, effectivement, il n'y a pas eu plus de quinze ministres pleins, de façon à ce qu'ils soient efficaces et aussi de façon à ce que ce soit un lieu où la discussion collective soit possible. Je voulais un gouvernement où les femmes soient nombreuses et surtout dans des postes importants. Et mon numéro 2, Martine Aubry, était une femme, et mon numéro 3, Élisabeth Guigou, chargée de la justice, garde des Sceaux, était également une femme et il y en avait plusieurs autres : Dominique Voynet, Catherine Trautmann, Marie-George Buffet, d'autres encore. Je voulais un gouvernement avec des personnalités fortes. Je pensais que j'avais la capacité de conduire, de faire travailler ensemble des personnalités fortes et qui soient capables d'assumer leurs fonctions et je n'ai pas été déçu à cet égard. Je voulais un gouvernement qui soit bien sûr conforme aux équilibres de la majorité plurielle, où chacun se sente représenté et, je le redis encore parce que pour moi ça a été essentiel, je voulais que ce gouvernement soit un lieu d'élaboration collective et de discussion sur la mise en œuvre des décisions prises.

Mon degré d'autonomie dans la constitution du gouvernement a été total, sauf sur deux postes qui sont le poste du ministre des affaires étrangères et le poste de ministre de la défense où, conformément au pouvoir du président de la République, son accord était nécessaire. J'ai soumis à Jacques Chirac deux noms : Hubert Védrine pour les affaires étrangères. Il m'a immédiatement donné son accord. Il m'a demandé un petit délai pour se renseigner sur Alain Richard, qu'il connaissait moins bien et que je voulais nommer au ministère de la défense. Mais lors de notre deuxième rencontre, il m'a également donné son accord. Puis il a souhaité aussi, à titre d'information mais tout en indiquant qu'il n'avait pas à s'y opposer, connaître le nom du ministre de l'intérieur – on peut le comprendre –, et du ministre de la coopération, ça c'était la Françafrique qui montrait le bout de l'oreille. Mais Jacques Chirac n'a fait d'objections dans aucun des deux cas. Et j'ai composé mon gouvernement librement, ce qui était un des avantages, me semble-t-il, de la cohabitation.

Édouard Balladur : Le lendemain de ma nomination, j'ai passé la journée à composer mon gouvernement sans demander l'avis ni le conseil de personne. J'y avais réfléchi avant et j'avais surtout réfléchi à poser mes conditions aux chefs de parti. Je savais que certains avaient évoqué la possibilité, si j'étais nommé à Matignon, d'avoir deux ministres d'État qui eussent été Valéry Giscard d'Estaing et Jacques Chirac, et j'avais fait savoir que je m'y refuserais absolument. Je dois dire pour leur rendre justice que ni M. Giscard d'Estaing ni M. Chirac ne m'ont passé de coup de téléphone dans cette journée. Moyennant quoi, j'ai fait la liste de mon gouvernement. C'est allé très vite finalement et j'ai demandé un rendez-vous à François Mitterrand que je suis allé donc trouver le mardi en fin de journée. J'avais auparavant écrit une lettre à MM. Giscard d'Estaing et Chirac pour leur faire porter cette liste. M. Mitterrand a fait quelques commentaires sur les uns et sur les autres que je ne répéterai pas parce qu'il est bien rare que deux hommes politiques qui parlent ensemble ne consacrent pas une partie de leur entretien à se moquer de ceux qui ne sont pas là. Ou à en dire des choses plus ou moins aimables.

C'était un gouvernement où j'avais voulu que le RPR et l'UDF aient une parité, et où il y ait des personnalités fortes tels Simone Veil, Charles Pasqua, Pierre Méhaignerie, Alain Juppé… Il y avait des RPR, des UDF, des pro-européens, des anti-Maastricht. J'y avais réfléchi auparavant et il y a eu quelques ajustements dans la journée. Alors M. Mitterrand m'a lancé : *« Il faut que je vous dise quelque chose… je ne ferai pas prendre une photo du gouvernement avec moi… parce que ce n'est pas mon gouvernement. »* Soit. Mais il a repris : *« Je ne vois en revanche pas d'inconvénient à ce que cette photo ait lieu avec vous et à l'Élysée.* » Je lui ai répondu qu'il serait tout à fait déplacé de faire des photos chez lui, si je puis dire. Et nous avons fait la photo à Matignon quelques jours après.

Raymond Barre : La composition du gouvernement était presque achevée lorsque le président de la République Giscard d'Etaing me déclare : « *Vous allez être, en plus de premier ministre, ministre de l'économie et des finances. Nous avons des élections municipales dans six mois. Vous ne pouvez pas vous occuper de tout. Votre tâche principale doit être de redresser le pays.* » Puis il lance : « *Il faudrait donc que vous ayez un soutien sur le plan politique. Et je crois que vous pourriez avoir trois ministres d'État auprès de vous. Olivier Guichard, Michel Poniatowski et Jean Lecanuet. Ministres d'État, ils auront ainsi une position éminente au sein du gouvernement et ils peuvent vous aider à résoudre un certain nombre de problèmes politiques.* » J'ai accepté volontiers parce que je vous avoue que je n'étais pas, comme on dit, gaillard et puis, je connaissais les trois hommes avec lesquels j'avais de très bonnes relations.

Jean-Pierre Raffarin : Le président m'a expliqué d'emblée : « *Je souhaite que Nicolas Sarkozy soit ministre de l'intérieur, et je le lui ai dit.* » Puis : « *Dominique de Villepin, si on est d'accord, sera ministre des affaires étrangères. Et j'ai une idée pour la défense, elle est originale. J'ai consulté les généraux, j'ai proposé*

Michèle Alliot-Marie. Ils ont été un peu surpris au départ mais ils ont trouvé l'idée bonne. » Ce sont les seuls noms que le président de la République m'a donnés comme figures imposées. Pour le reste, nous discutons. Je voulais faire venir des personnalités de la société civile et j'en ai proposé deux. Francis Mer qui était un grand chef d'entreprise, qui connaît bien le monde économique. Comme il ne connaissait pas la politique, en tant que telle et régulièrement, on allait lui mettre un ministre délégué à côté de lui qui serait un professionnel de la politique. Et nous sommes allés chercher le président de la commission des finances du Sénat à l'époque, Alain Lambert, qui maîtrise le budget sur le bout des doigts.

Je propose le même tandem, enfin la même approche, pour l'éducation. On va aller chercher le philosophe de l'humanisme, puisque c'est notre combat. J'ai pensé à Luc Ferry, qui, dans la jeune génération, était celui qui avait le plus de cohérence pour avoir cette pensée qui n'est pas une pensée socialiste mais qui est une pensée très ouverte et très profonde. Mais comme il ne connaissait pas directement le milieu de l'éducation ni la vie administrative, on a pris une personnalité qui connaissait bien le ministère, Xavier Darcos. Sur le papier, ces deux tandems étaient formidables Ferry-Darcos, Mer-Lambert. Mais dans la réalité, les hommes ne se sont pas vraiment bien entendus. Et là, finalement, nous avons eu un certain nombre de difficultés. Dans la composition du gouvernement, évidemment, je manquais d'expérience. Et je n'ai pas bénéficié de l'expérience des gouvernements du président Chirac ou d'Alain Juppé. S'ils avaient fait ce gouvernement avec moi, ils m'auraient peut-être donné des conseils et m'auraient évité un certain nombre d'erreurs que j'ai faites.

Le président, lui, insistait beaucoup pour que Christian Jacob soit ministre de l'agriculture. Alors j'ai expliqué : *« Ce qu'il nous faut, c'est quelqu'un qui, à Bruxelles, soit capable, notamment avec les Allemands, de construire une bonne stratégie pour l'agriculture française. »* Et donc, *« moi, je vous demanderai, monsieur le président, que le ministre de l'agriculture parle l'allemand »*. Cela a surpris un peu Jacques Chirac : *« Mais tu crois que Jacob parle l'allemand ? »* Nous avons demandé à Christian Jacob… il ne parlait pas l'allemand. Alors le président a lancé : *« On va le mettre au commerce extérieur. »* J'ai rétorqué : *« Mais là, il faut qu'il parle l'anglais. »* On a rappelé Christian Jacob, *« Est-ce que tu parles l'anglais ? »* Pas au point d'être assez sûr de lui. Et finalement, Christian Jacob a fini à la famille. Et pour ce qui est de l'agriculture, nous avons eu ensuite des ministres de l'agriculture qui parlaient l'allemand, d'abord Hervé Gaymard, ensuite Dominique Bussereau. Et j'ai pu voir, quand Dominique Bussereau faisait un discours aux agriculteurs allemands avec Angela Merkel que, pour l'agriculture française et pour les agriculteurs français, cela avait beaucoup d'impact.

Pierre Mauroy : Il n'y a que Jean-Pierre Chevènement qui nous ait posé problème parce qu'il a refusé, sur le coup. Le poste de ministre de la recherche ne l'intéressait pas et il revendiquait autre chose, l'éducation nationale. Je l'ai pris au téléphone : *« Écoute, Jean-Pierre, on n'a eu aucune réaction de tous ceux qu'on vient de prévenir et qui sont ministres. Je ne peux pas te donner un autre poste, et certainement pas l'éducation. Dans ces conditions, on se donne dix minutes. Si dans les dix minutes, tu n'as pas donné ton accord, tu ne fais pas partie du gouvernement. »* Il a rappelé et il est donc entré au gouvernement.

Laurent Fabius : J'ai demandé à François Mitterrand : *« Président, comment voyez-vous le gouvernement ? »* Il m'a demandé en retour : *« Mais qu'est-ce que vous en pensez, vous ? Est-ce qu'on continue avec les communistes ? »* Nous étions lui et moi d'accord pour continuer avec les communistes parce que l'approche de rassemblement de la gauche était préférable pour mener à bien toutes les réformes dont on avait besoin. J'ai su très rapidement que les communistes ne le voulaient pas. Il y a eu un comité central du Parti communiste dans la nuit, et j'ai reçu une lettre de Georges Marchais qui commençait à peu près ainsi : *« On nous a proposé d'être au gouvernement. La première chose à faire, c'est de dire que tout ce qui a été fait auparavant est mauvais »*, etc. Cela commençait mal. Puis le président m'a dit :

« Écoutez les différents ministres, voyez, parlez-m'en et puis on fait une espèce de va-et-vient dans les deux ou trois jours et on constitue le gouvernement. » Là, j'avais quelques idées. À partir du moment où le fait que je sois nommé premier ministre était un changement énorme, qui avait un retentissement considérable dans l'opinion, il n'était pas besoin de changer tous les ministres et donc un certain nombre d'entre eux sont restés. Il fallait quelqu'un pour l'éducation, puisque Alain Savary avait démissionné après l'affaire de l'école privée. Je téléphone à Rocard et lui propose le poste. Il a cru que c'était un piège et il a décliné. Et du coup, je me suis tourné vers Jean-Pierre Chevènement. J'ai aussi proposé à Michel Delebarre, qui était le directeur de cabinet de Mauroy, d'être ministre du travail et de l'emploi. Il me dit : *« Ah ! j'apprécie beaucoup, je vais réfléchir. »* Et puis j'oublie le *« je vais réfléchir »*. Et au moment même où le secrétaire général de l'Élysée lisait la liste, on me demande sur l'interministériel : c'était Delebarre. *« Écoute, j'ai réfléchi, Laurent, ça va pas être possible. »* Et je lui ai répondu : *« C'est ennuyeux que tu sois le premier démissionnaire parce que je suis en train de voir à la télévision la lecture de la liste et ton nom vient d'être donné. Réfléchis un petit peu quand même. »* Et il a été très heureux comme ministre du travail.

4

La forteresse Bercy

Le ministère de l'économie et des finances a la pire des réputations. Conservateur, puissant, quasi autonome. Édith Cresson doit composer avec Pierre Bérégovoy, Lionel Jospin remettre au pas son administration et Alain Juppé renvoyer son ministre Alain Madelin. Édouard Balladur, ancien titulaire du poste, prend soin, une fois à Matignon, de le diviser en deux pour le maîtriser.

Laurent Fabius : J'ai mesuré, étant moi-même responsable à l'époque du budget, à quel point les questions financières étaient importantes. Et j'ai mesuré à quel point il était important qu'il y ait une bonne relation entre le président, le premier ministre et le ministre du budget, de l'économie et des finances. Lorsque je suis arrivé au ministère de l'économie, quelques années avant d'être premier ministre, il y avait un dossier préparé par la direction du budget qui est une direction de fonctionnaires extrêmement compétents. Le dossier présentait la situation budgétaire de la France. C'était la première fois que nous accédions aux responsabilités puisque la gauche n'avait pas gouverné depuis des dizaines d'années. Et les fonctionnaires nous voyaient arriver avec des yeux écarquillés en se disant : *« Mais qu'est-ce qu'ils vont faire, ces gens-là ? »*

Je me rappellerai toute ma vie que, sur le sommet de la pile, il y avait une chemise où était marqué : *« Risques budgétaires »*, au pluriel. Dans la chemise, il y avait une sous-chemise où était marqué : « *Risque budgétaire numéro 1* ». Alors, je l'ouvre. Quel était, pour ces fonctionnaires, le risque budgétaire numéro 1 ? En toutes lettres, il était marqué : « *Risque budgétaire numéro 1 : augmentation de l'allocation aux handicapés.* » Je me suis dit ce jour-là : « *Ces personnes-là sont sans doute très compétentes mais elles n'ont pas exactement la même sensibilité que moi et que nous.* » Parce que dans notre campagne pour l'élection de François Mitterrand puis pour les législatives qui ont suivi en juin, nous avions dit : « *Les handicapés sont maltraités. On va augmenter l'allocation.* » Et voilà que la direction du budget affirmait : « *C'est un risque terrible pour les finances publiques.* » Et j'ai commencé à m'apercevoir qu'il y aurait quand même pas mal d'adaptations à faire…

Édith Cresson : Les Français ne le savent pas, ils croient toujours que c'est le président de la République et le premier ministre qui font la politique de la France. Il faut se rendre compte de ce qu'est l'extraordinaire forteresse des finances. Avec le ministre bien sûr, mais avec toute l'administration qui est autour. Et en ce qui concerne Pierre Bérégovoy, qui était un autodidacte doté de peu de connaissances de la finance et de l'économie, l'administration faisait la loi. Il lui obéissait complètement et, par une sorte d'échange de bons services, cette administration le portait aux nues et considérait que c'était un ministre des finances formidable. Donc chaque fois que j'ai voulu, moi, faire quelque chose comme par exemple aider les petites et moyennes entreprises qui, en France, de notoriété publique, n'arrivent pas à se développer, chaque fois donc que j'ai voulu faire quelque chose, il n'y avait jamais un sou, pour rien. Et on ne pouvait rien faire.

Pierre Bérégovoy m'a d'ailleurs prévenue aussitôt après ma nomination. Il restait « *par esprit de responsabilité* », disait-il, et il ajoutait que s'il avait suivi sa propre inclination, compte tenu du premier ministre qu'on lui imposait, il serait parti, mais que la solidité du franc et sa stabilité étaient dépendantes de son maintien au ministère des finances…

Je m'étais déjà confrontée à Bercy lorsque j'étais ministre de l'industrie. Et j'avais perdu. Bull avait à l'époque régulièrement des difficultés. J'avais sur mon bureau une proposition de reprise de Bull par IBM. Mais je pensais, pour avoir été aux États-Unis et avoir rencontré les dirigeants de l'industrie informatique américaine, qu'un accord Bull/Hewlett Packard aurait été plus favorable à la France et à son industrie électronique qu'une alliance avec IBM. Nous avions d'ailleurs un très bon accord : Hewlett Packard assurait la diffusion des produits Bull aux États-Unis et Bull assurait la diffusion de Hewlett Packard dans le reste du monde, et en particulier en Europe. Malheureusement, le ministère des finances s'y est opposé. Pourquoi ? Parce que l'administration ne connaissait qu'IBM et préférait donc cette solution. Je n'ai jamais eu la possibilité d'imposer mon point de vue, même si je reste convaincue que cette solution aurait été meilleure pour l'industrie française.

Alain Juppé : Il est important que le premier ministre ait un ministre de l'économie et des finances en qui il ait confiance et qui applique ses grandes orientations politiques. J'ai eu de ce point de vue-là des difficultés, c'est vrai. Jacques Chirac avait voulu qu'Alain Madelin soit au gouvernement. Cela me paraissait tout à fait naturel, au départ : il avait joué un rôle très important dans la campagne. Mais très vite, les choses ne se sont pas bien passées entre lui et moi. Et cela pour deux raisons. Il n'y avait pas d'incompatibilité au départ, mais j'ai trouvé qu'il était assez lent à mettre en œuvre les réformes que je souhaitais. Mon choc, en arrivant, avait été de découvrir la situation financière et budgétaire de la France. Et donc je l'ai chargé tout de suite de mettre en place des mesures de redressement. Et notamment de préparer un collectif budgétaire pour l'été 1995. Cela tardait et nos relations ont commencé à se tendre.

La deuxième chose qui n'a pas marché entre nous, c'est, d'une certaine manière, la communication, la loyauté en matière de communication. En août, j'avais réuni mon équipe rapprochée, les cinq ou six ministres avec lesquels j'essayais de faire de la concertation politique, parce que contrairement à ce qu'on a raconté, je n'étais pas solitaire et je tentais de travailler en équipe. Il y avait là Charles Millon, Jean-Louis Debré, François Bayrou notamment, et Alain Madelin. Nous nous réunissions régulièrement pour élaborer notre stratégie et, fin août, nous nous étions mis en ordre de bataille pour lancer les grandes réformes de la rentrée. J'avais demandé évidemment le silence radio le plus complet sur ces réformes parce que je me préparais à rencontrer les grands leaders syndicaux, précisément pour préparer le terrain. Et un beau matin, j'ai entendu Madelin raconter le contenu de notre conversation sur une radio. J'ai donc demandé au président de la République de changer de ministre de l'économie et des finances. Il avait tenu cent jours…

Lionel Jospin : Je voulais que le ministre de l'économie et des finances soit une personnalité forte, avec des convictions et un savoir-faire. Capable à la fois d'avoir un bon contact avec les milieux économiques et financiers, avec le monde des entreprises, et qui puisse être reconnu sur le plan international, notamment dans le champ européen. Mais en même temps quelqu'un qui ait suffisamment d'autonomie. Une personnalité qui ait une maîtrise économique telle qu'elle ne soit pas dépendante de sa propre administration ni soumise aux groupes de pression.

Le lien que j'avais avec Dominique Strauss-Kahn, le lien personnel, intellectuel et politique, la conscience qu'il avait de lui-même et la connaissance qu'il avait de mes exigences me montraient qu'il n'entendait pas que Bercy ni le ministre de l'économie et des finances m'imposât une politique.

Mais une chose m'a paru tout de suite inadmissible : la façon dont se passaient les conférences budgétaires. La manière dont les ministres ou leurs directeurs de cabinet étaient reçu à Bercy. La façon dont on les faisait attendre dans des antichambres pendant deux heures, trois heures pour les faire mijoter. La brutalité avec laquelle des conseillers pouvaient parler à des ministres. Quand tout ça m'est remonté dans ces réunions de ministres que nous tenions chaque semaine, j'ai dit à Dominique Strauss-Kahn, qui a d'ailleurs immédiatement bien compris ce qui était en jeu : ce genre de méthode n'aura pas lieu dans mon gouvernement et vis-à-vis de mes ministres. Et cela a changé très vite. Je ne dis pas que le poids de Bercy, qui est d'ailleurs sans doute nécessaire face aux ministres dépensiers, a été allégé. Mais en tout cas, il y a des mœurs qui, sous mon gouvernement, ont changé.

François Fillon : Très en amont, avant même d'arriver au pouvoir, nous avons eu l'idée de casser la forteresse de l'économie et des finances. Nous voulions un ministre des comptes qui soit vraiment garant du sérieux de la gestion, de son caractère innovant. Et un vrai ministre de l'économie qui ait en main le levier de l'emploi. Il va falloir du temps pour démontrer que c'est la bonne formule parce que les structures anciennes ont tendance à ressurgir. Et puis parfois, il y a des rivalités entre les hommes et les femmes. Mais je crois que cette idée d'avoir, comme c'est le cas dans d'autres pays européens, un ministre qui a la compétence sur les comptes et un autre qui a la compétence sur l'économie, sur l'innovation, sur l'emploi est une bonne idée et permet de sortir Bercy du seul rôle de gardien de l'orthodoxie budgétaire.

Raymond Barre : Quand nous avons parlé, avec Valéry Giscard d'Estaing, du redressement de la France, nous avons tout de suite parlé de l'économie et des finances. Le président de la République m'a alors proposé : *« Pourquoi ne prenez-vous pas l'économie et les finances comme Pinay, comme Poincaré l'ont fait ? »* Je lui ai répondu : *« Monsieur le président, je ne vous cache pas que cela me plairait car je sais, et cela a été souvent constaté, que le ministère des finances est un frein. Si je suis ministre de l'économie et des finances, il est évident que j'aurai une autorité directe sur ce ministère et que les choses seront plus faciles. »* Et le président m'a donné son accord.

Édouard Balladur : J'ai souhaité, en 1993 que le ministère des finances fût divisé en deux, contrairement à l'expérience de 1986. Lors de la première cohabitation, j'étais ministre de l'économie et des finances, ce qui m'avait donné beaucoup de pouvoir, d'autant plus de pouvoir, d'ailleurs, que nous étions convenus, Jacques Chirac et moi, que je gérerais la politique économique et financière de façon très autonome pour le dégager en tout cas de cette préoccupation-là. J'étais donc parfaitement instruit du problème, pour en avoir moi-même bénéficié. Et je ne voulais pas, dans une période de cohabitation, pris que j'étais entre un président de la République d'une orientation socialiste d'une part, deux chefs de parti de la majorité d'une autre, avoir également un ministre des finances puissant, une personnalité politique avec laquelle je devrais composer. J'ai donc divisé le ministère des finances en deux et j'en ai confié une partie à Edmond Alphandéry, l'économie, et une autre à Nicolas Sarkozy, le budget. Nicolas Sarkozy le souhaitait, m'avait-on dit. Il ne me l'a jamais dit lui-même, d'ailleurs. Mais comme je voulais que le budget fût étroitement contrôlé par moi, j'avais besoin de nommer quelqu'un à qui je fasse confiance. Ce qui était le cas.

5

Les relations avec le président

Comme en amour, les couples exécutifs de la Ve République sont des plus divers : confiants, méfiants, teintés de rivalité ou franchement conflictuels. La vie entre Matignon et l'Élysée peut donc prendre l'allure d'une alliance fructueuse ou tourner au véritable cauchemar politique.

Raymond Barre : Je connaissais Valéry Giscard d'Estaing depuis 1962, lorsque j'étais directeur de cabinet à l'industrie. Mais je l'ai surtout connu pendant les années où j'étais à Bruxelles. Il était alors ministre de l'économie et des finances et nous avions des réunions régulières. Lorsque je suis rentré, il m'a d'ailleurs fait nommer au conseil général de la Banque de France. Il a toujours eu à mon égard beaucoup de considération, à sa manière. Il était distant, parfois hautain, mais également extrêmement gentil. Cet homme a un charme très grand. Et l'intérêt que l'on a avec lui, c'est que l'on peut discuter des dossiers. Il les connaît. Ce n'est jamais superficiel. J'avais déjà été frappé, à Bruxelles, de son sens aigu de l'intérêt national et de l'indépendance nationale. J'ai toujours été frappé aussi de l'influence qu'il avait subie du général de Gaulle, même s'il avait voté contre lui en 1969.

Il lui fallait un nouveau premier ministre en 1976, et je pense au fond que je « faisais l'affaire ». Pourquoi ? Parce qu'il ne pouvait pas nommer un RPR.

Guichard et Peyrefitte avaient refusé, Peyrefitte expliquant même : *« Si nous acceptons, nous serons flingués. »* Il lui fallait donc trouver quelqu'un qu'il estimât capable de tenir la fonction, qu'il connaissait, qui n'était pas RPR, et qui, par son indépendance, lui redonnerait la marge de manœuvre qu'il souhaitait. Pour ma part, parce que j'étais seul et que je n'étais pas un homme politique traditionnel, j'étais bien décidé, en acceptant la fonction, à être inflexible.

La meilleure façon dont je pourrais vous caractériser nos relations, c'est en vous racontant la manière dont, par trois fois, il m'a confirmé dans mes fonctions. Lorsqu'il m'a nommé premier ministre en 1976, il était entendu que j'irais jusqu'aux législatives de 1978 et que, si elles étaient perdues, je viderais le terrain. Quelques jours après le second tour des élections législatives, qui s'annonçaient finalement meilleures que prévu, il me lance pourtant : *« Monsieur le premier ministre, je vais vous renommer. »* Ce jour-là, il ajoute même : *« Il faut que vous sachiez quel est le temps dont vous allez disposer : vous pouvez compter sur trois années. Au début de 1980, je changerai le gouvernement pour préparer l'élection présidentielle. »* Bien entendu, je ne peux que conclure : *« Monsieur le président, vous ferez ce que vous voudrez quand vous le jugerez opportun. »*

En octobre 1979, lors d'une extraordinaire tempête orchestrée par la presse, je viens vois le président : *« Monsieur le président, ça se déchaîne. Il est évident que je suis prêt à partir si cela est nécessaire. »* Le soir même, il me rappelle cependant : *« Bien entendu, monsieur le premier ministre, vous continuez.* » Et il fait savoir à tous les députés qui venaient lui expliquer qu'il fallait me démissionner, qu'il n'avait aucune raison de le faire car cela entraînerait de graves conséquences. Pour finir, 1980 arrive et je m'attendais à ce qu'il me dise, comme il m'en avait prévenu, que le moment était venu de changer de gouvernement. Un jour où je l'accompagne à Orly d'où il doit partir pour un voyage d'État en Inde, nous voici côte à côte sur le tapis rouge pour le salut traditionnel au drapeau. Et le président de la République se penche vers moi pour me glisser : « *Monsieur le premier ministre, depuis combien de temps êtes-vous à Matignon ? – Oh, près de quatre ans, monsieur le président.* » Il le savait parfaitement, bien sûr. Et lui : « *Ah... Eh bien, préparez-vous à aller jusqu'au bout.* » Et c'est ainsi qu'il m'a confirmé malgré tous les assauts contre moi. J'en tire la conclusion qu'il avait tout de même confiance en moi...

Pierre Mauroy : Nous avions, François Mitterrand et moi, une relation d'amitié, vraiment. On se faisait des petits plaisirs, on se fêtait nos anniversaires l'un et l'autre. Bien souvent, on éprouvait le besoin d'aller faire un petit tour dans les rues de Paris ou d'aller le soir dans un bistrot. Il avait pour moi des attentions, de vraies délicatesses. Bref, nous avions une relation exceptionnelle.

Bien sûr, nous avons pu connaître des différends. Mais cela restait entre nous et nous n'avons jamais voulu, ni l'un ni l'autre, que nos désaccords filtrent à l'extérieur. Par conséquent, cela nous obligeait à faire un effort sur nous-mêmes pour trouver la solution. Il arrivait qu'il me dise : *« Oh ! mais je vois bien le petit vélo là, qui passe sur votre front... Je vois ce que vous voulez. Ce n'est pas mon choix mais nous reprendrons plus tard... »* Je lui disais de la même façon : *« Je lis bien dans vos pensées, mais reportons cela, si vous voulez. »* Jamais il n'a pris de décision autoritaire avec moi. Je n'ai pourtant jamais oublié que j'étais le premier ministre et lui le président de la République et qu'il prenait les responsabilités.

Laurent Fabius : Il y avait un problème, effectivement, dans notre relation, c'est que j'étais très jeune. Or, on connaissait ma proximité, mes liens avec François Mitterrand, et on me considérait encore comme le directeur de cabinet que j'avais d'ailleurs été dans le passé. Mais le premier ministre n'est pas le directeur de cabinet du président de la République et il fallait donc que cette autorité et le rôle des uns et des autres soient établis assez vite. Je suis nommé en juillet 1984. Et en septembre, je suis invité à *L'Heure de vérité*, une émission télévisée qui, à l'époque, avait beaucoup d'audience et était animée par François-Henri de Virieu. J'étais alors au plus haut dans les sondages...

Quelques jours avant cette émission, je vais voir François Mitterrand pour en discuter avec lui. *« Voilà, président,* lui dis-je, *j'ai réfléchi en particulier à une question que l'on ne manquera pas de me poser puisqu'elle est sans cesse abordée dans la presse : est-ce que le premier ministre a vraiment une existence autonome ou est-ce que c'est simplement le directeur de cabinet du président ? Vous m'avez dit vous même qu'il fallait que je m'affirme… – Mais oui, vous avez tout à fait raison,* me répond Mitterrand, *et il faut que l'on trouve une formule pour que cette affirmation soit claire.* » Il était assis à son bureau, j'étais de l'autre côté, nous discutons et la formule « *lui c'est lui, moi c'est moi* » naît de notre conversation. Mitterrand opine du chef : *« C'est très bien, très bien. »*

Dans l'émission, je ressors donc exactement la formule « *lui c'est lui, moi c'est moi* ». Seulement, quelques mois plus tard, surviennent quelques frottements entre François Mitterrand et moi, notamment à propos de la venue du général polonais Jaruzelski. Et la presse ressort cette formule en lui donnant un sens qu'elle n'avait absolument pas au départ : l'affirmation d'une distance, alors même que nous l'avions mise ensemble au point…

La vérité est que nous étions très proches sur le plan des idées et sur le plan je dirais même de l'affection. On se voyait deux ou trois fois par semaine, on se téléphonait souvent et surtout, ce qui est peut-être le plus important, nous avions naturellement et spontanément des réactions semblables. Mitterrand a dit un jour à l'un de ses amis : *« Ce que j'apprécie chez Fabius, c'est que c'est quelqu'un qui a 30 ans et dont j'ai l'impression que je le connais depuis quarante ans. »*

Édith Cresson : Quand j'allais voir François Mitterrand pour lui exposer une situation et lui proposer des mesures, il me disait toujours oui. Il affirmait que c'était plein de bon sens, que c'était exactement ce qu'il fallait faire, qu'il me soutiendrait, etc. Puis ensuite, il reconnaissait qu'il ne pouvait rien faire contre le fort mécontentement du groupe parlementaire socialiste qui craignait ma chute dans les sondages, le déchaînement des médias contre moi et voulait me changer. En fait, on racontait ce qu'on voulait au président…

Moi, je le voyais une fois par semaine avant le conseil des ministres, et de temps à autre, une fois supplémentaire, soit à sa demande soit à ma demande, à peu près une fois tous les quinze jours. Il était très préoccupé par cette campagne qui était menée contre moi… et à la fin de mon séjour à Matignon, il m'a dit d'un air navré : *« Ils ne vous lâcheront jamais. »*

Michel Rocard : Avec François Mitterrand, nos désaccords étaient politiques, flagrants et massifs. Cela avait d'ailleurs commencé de longues années auparavant, au moment de la guerre d'Algérie. J'avais osé écrire que lui, le garde des Sceaux du gouvernement de M. Guy Mollet, qui refusait les demandes de grâce après condamnation à mort de militants qui étaient aux yeux de certains des terroristes, pour d'autres les résistants de leur peuple

– c'était les deux à la fois évidemment –, j'avais écrit que c'était un assassin. Cela a créé des liens pas commodes… Et puis j'avais été ministre dans les deux premiers tiers de son premier septennat. Mais j'avais démissionné avec fracas du ministère de l'agriculture pour afficher mon désaccord total avec le passage au scrutin proportionnel intégral que je considérais comme un boulevard en faveur de Jean-Marie Le Pen. Ce n'était pas pour lui faire plaisir et il l'avait très mal pris. Enfin bref, il était clair que nous nous entendions mal.

Il avait d'ailleurs dit à Ambroise Roux, qui est venu me le raconter après ma démission : *« Je vais le nommer puisque les Français semblent en vouloir. Mais ils ne se rendent pas compte… Vous verrez, au bout de dix-huit mois, on verra au travers. »* Phrase élégante…

Au moment de ma nomination, on n'a d'ailleurs pas trouvé un seul grand commissaire de police pour prendre le commandement de mes services de sécurité. La rumeur chez les grands de la police était : *« Le président déteste ce premier ministre, il va tenir jusqu'aux élections puis il ne sera pas renouvelé huit semaines après. Cela ne peut pas tenir, ne vous mêlez pas de prendre des risques dans cette aventure-là qui sera bientôt caduque. »*

Nous nous sommes pourtant vus en tête à tête pas loin d'une heure deux fois par semaine pendant trois ans. Cela fait beaucoup… Les désaccords les plus criants entre nous ont sans doute porté sur les nominations. Elles pèsent probablement pour un tiers ou un quart du temps, mais elles sont un des problèmes les plus lourds, d'autant que la liste de celles qui passent en conseil des ministres et qui dépendent de l'autorité présidentielle est longue, on doit dépasser les trois mille personnes. Le président avait veillé d'ailleurs à élargir cette liste avant même sa réélection de 1988. Et là, il y avait du souci à se faire. J'ai tout de suite compris que j'aurais un conflit avec ses réseaux de fidélité, ceux-là mêmes qui venaient de gagner, mais dans lesquels, selon ma perception, la fidélité au service public et le critère de compétence étaient plutôt seconds par rapport au critère de fidélité politique. Mon propre jugement des hommes, des choses, de l'État, de la République et de la France était l'inverse du sien. J'aurais eu tendance à privilégier la compétence et la loyauté au service public pour ne pas privilégier la fidélité tactique. Vraiment, c'est sûrement l'un des problèmes les plus durs que nous ayons eu à traiter pendant ces trois ans.

Il y avait d'abord le secteur de ceux qui fabriquent la valeur ajoutée de la France de demain, les présidents d'entreprises publiques. Le deuxième secteur couvrait ceux qui apportent de la richesse dans la finance, la banque, l'assurance. Troisièmement, les dirigeants de la haute fonction publique, c'est-à-dire les ambassadeurs, les divisionnaires de polices, préfets, etc. Quatrièmement, les généraux, là je sentais n'y rien pouvoir, le président est chef des armées. Et cinquièmement, le monde de l'audiovisuel, où il me semblait que nous allions vers une crise éthique grave et où les problèmes étaient croissants et gravissimes, mais où je savais que mon autorité serait nulle en raison d'un engagement personnel extrêmement fort du président de la République.

De fait, dans l'audiovisuel, je n'ai arraché, au prix d'un combat de six mois, qu'une seule nomination dans le secteur en trois ans, ce fut celle d'André Larquié à la tête de Radio France International. Dans le domaine des grandes entreprises publiques, j'ai sauvé des destins menacés, Jean Gandois, Jean-René Fourtou et Serge Tchuruk, sans savoir du tout à qui ces gens gardaient fidélité, probablement pas à la gauche d'ailleurs.

Édouard Balladur : Mes entretiens avec François Mitterrand duraient une heure environ. Parfois, cependant, au bout de quarante-cinq minutes, nous n'avions plus rien à échanger. Alors il me disait : « *Il faut que nous parlions encore parce que si nous descendons avant l'heure, ils auront le sentiment que nous ne nous entendons pas, et que nous avons eu un incident.* » Soit. Comme c'est un homme dont la conversation était variée et intéressante, nous n'avions pas de mal à parler un quart d'heure de plus. Et puis, d'autres fois, on parlait plus d'une heure. Et alors là, il me disait exactement la même chose mais dans le sens contraire, si j'ose dire. « *Il faut que nous descendions, sans quoi si notre réunion dure trop longtemps, ils vont avoir le sentiment que nous nous étripons.* » Bon, donc on descendait. Il était toujours très sensible aux apparences et au qu'en-dira-t-on, finalement.

Un peu aux aguets parfois. Assez soupçonneux. Dans ces conversations que nous avions, nous parlions des affaires de l'État, bien entendu, des problèmes de nomination, bien sûr. Et puis, au fil des mois, la part de la conversation libre a pris une place de plus en plus grande entre nous. Nous parlions d'Histoire, de littérature, il me racontait la guerre. Il parlait avec des formules à l'emporte-pièce, des formules parfois assez drôles d'ailleurs.

C'est quelqu'un qui aimait manœuvrer les autres. Et moi, je n'aime pas qu'on essaie de me manœuvrer. Si bien qu'il devait me trouver trop réservé, certainement. Et pas assez ouvert envers lui. Il était toujours désireux de bien marquer qu'il ne fallait pas confondre les relations personnelles et les relations politiques. Le lendemain du premier tour de l'élection présidentielle, quand j'ai été battu et que je n'étais pas présent au second tour, il m'a téléphoné en me disant : « *Vous devez traverser un moment difficile* », enfin bref, des choses aimables. Et puis, à la fin, il m'a lancé ceci qui m'a quand même un peu surpris : « *Je vous dis cela quels que soient nos désaccords politiques par ailleurs, mais c'est sur un plan personnel.* » Cela allait de soi pour moi, ce n'était pas utile de me le préciser. Mais c'est un homme qui avait un peu deux faces.

Auparavant, lorsque j'ai été candidat, il m'a affirmé que j'avais les plus grandes chances, et il a même ajouté une fois que ce serait très bien. Cela faisait partie, j'imagine, des formules de politesse. Il m'a confié une chose beaucoup plus drôle finalement, deux mois après, quand mes sondages sont devenus beaucoup moins bons et qu'ils faisaient apparaître que je ne serais pas au deuxième tour de l'élection : « *Ah ! c'est quand même dommage, en général je ne me trompe pas dans mes prévisions. J'avais bien prévu le résultat en 1974, en 1981, en 1988, et là, cette fois-ci, je me suis trompé.* » Et je me souviens de lui avoir répondu : « *Mais qu'est-ce qui vous attriste le plus ? C'est que les choses n'aillent pas bien pour moi ou que vous vous soyez trompé ?* » Je crois qu'il était sincèrement affecté par le fait qu'il ne l'avait pas prévu. C'était un homme qui avait un goût de la politique très grand. À la fois du maniement des hommes et du maniement de l'opinion.

Je le voyais tous les mercredis matin, une heure avant le conseil des ministres et je lui soumettais, le mardi après-midi, les sujets que je souhaitais aborder avec lui en le priant d'ailleurs de bien vouloir me communiquer ceux qu'il comptait aborder avec moi. Cela a bien fonctionné pendant deux ans. En second lieu, il y avait tous les mercredis, après le conseil des ministres, un conseil de défense restreint, avec le ministre de la défense, le ministre des affaires étrangères et le ministre de la coopération ainsi que le chef d'état-major des armées parce que nos forces étaient présentes en Afrique et dans les Balkans et qu'il fallait suivre les choses. La première fois, M. Mitterrand m'a dit d'un air un peu prévenant : « *Vous avez beaucoup de travail, je ne veux pas vous surcharger, alors je tiens cette réunion mais si vous ne souhaitez pas y assister, je le comprendrais très bien.* »

Et je lui ai répondu : *« Mais moi je ne le comprendrais pas ; je souhaite au contraire y assister et j'y assisterai. »* Lorsqu'il y avait des questions sur lesquelles il risquait d'y avoir un désaccord entre lui et moi, je ne le tranchais pas, je disais : *« Nous en reparlerons demain. »* Et lorsque je voyais M. Mitterrand avant le conseil des ministres, nous en parlions tous les deux de telle sorte qu'il n'y avait pas devant les ministres, lors du conseil restreint, de désaccord entre nous. Il m'a dit un jour : *« Parfois, vous êtes très à cheval sur vos prérogatives. »* Je ne sais pas si j'étais à cheval sur mes prérogatives, mais je tenais à voir respecter mon rôle et mon autorité. En même temps, il fallait que je respecte son rôle et je pense qu'il n'y a jamais eu, durant ces deux années, de désaccords sur le fond de la politique, entre lui et moi.

Alain Juppé : Jacques Chirac me laissait tout à fait libre de prendre des initiatives et la confiance entre nous était très grande. Nos cabinets travaillaient d'ailleurs en étroite osmose. J'avais pris pour directeur de cabinet Maurice Gourdault-Montagne, qui était mon numéro 2 au Quai d'Orsay et Jacques Chirac avait pris comme secrétaire général à l'Élysée Dominique de Villepin, qui avait été mon numéro 1 au Quai d'Orsay. Villepin et Gourdault-Montagne avaient travaillé ensemble quotidiennement pendant deux ans, et la relation entre eux était permanente. Il y avait donc une transparence entre les deux maisons et, je le répète, une grande liberté de manœuvre de ma part. Rétrospectivement, je finis par me demander si cette liberté n'était pas même trop grande. Dans un certain nombre de situations, Jacques Chirac m'a peut-être laissé caracoler un peu trop seul, un peu trop vite et un peu imprudemment. Il aurait sans doute dû me cadrer davantage…

Lionel Jospin : Si notre relation a été correcte voire plutôt cordiale, il m'a toujours été difficile de faire vraiment confiance à Jacques Chirac même sur les questions touchant aux intérêts essentiels de la France. Quand il avait l'impression que quelque chose pouvait le menacer, il devenait extrêmement dur et raide. Ce qui me surprenait, bien sûr, car s'il avait des problèmes, avec toutes ces affaires d'argent liquide ou de billets d'avion, ça ne venait pas de nous… Mais au moins, Jacques Chirac avait une qualité : sa simplicité. Il n'est ni ampoulé ni protocolaire.

Jean-Pierre Raffarin : J'ai toujours pensé que le premier ministre n'avait pas d'autre légitimité que celle du président. C'est donc une autorité qui vient d'en haut. Je place la relation entre le président et le premier ministre au niveau de l'honneur, une sorte de loyauté, un projet commun.

Souvent je suis entré dans le bureau du président en désaccord avec lui. Il suspendait alors la réunion en disant : *« Écoutez, on n'est pas d'accord sur ce point, nous en reparlerons la semaine prochaine ou dimanche.* » Et nous reprenions la discussion jusqu'à ce qu'il y en ait un qui cède. Mais personne ne savait jamais, à la sortie, qui avait influencé l'autre. Je veillais à ce que ce pacte d'honneur soit toujours respecté.

Il y avait au fond entre nous une relation affectueuse. Je dois dire que Jacques Chirac avait eu des relations avec mon père, lorsque celui-ci était un dirigeant agricole national, patron de coopératives, et qu'à ce titre, il avait participé aux accords de Grenelle en 68. Il était plutôt de culture giscardienne mais avait beaucoup apprécié Jacques Chirac comme ministre de l'agriculture et Chirac le savait. Très souvent, dans nos entretiens, le président prenait son téléphone pour appeler ma mère ou une de mes sœurs qu'il connaît bien.

Jacques Chirac m'avait demandé de le tutoyer. Il vouvoie ses collaborateurs et a beaucoup tutoyé les hommes politiques. Mais je n'en ai jamais senti la nécessité : *« Je vous tutoierai quand Alain Juppé vous tutoiera »*, lui ai-je même dit un jour. Et depuis ce jour-là, je le vouvoie et lui me tutoie.

Dominique de Villepin : La singularité de notre rencontre, entre Jacques Chirac et moi-même, c'est que nous sommes ensemble depuis de très nombreuses années. Nous sommes en contradiction sur beaucoup de choses. Nos personnalités sont très dissemblables. Notre dialogue est un dialogue souvent de confrontation. Même si, parce que c'est l'idée que je me fais de la politique, rien n'a jamais filtré de ce débat, de ces différences. Mais tout au long des années à l'Élysée, quand j'étais secrétaire général, j'étais celui qui portait le fer et la contradiction au président de la République. Bien évidemment, quand il avait tranché, il n'en filtrait rien et c'est pour cela que personne ne l'a su, mais c'est une relation dense, qui n'est pas une relation de chef d'État à collaborateur.

Je suis donc arrivé à Matignon avec cet acquis. Pour le président, j'étais un élément rassurant parce qu'il savait qu'il n'y aurait jamais trahison. Il savait que ma fidélité serait toujours au rendez-vous. Mais j'arrivais avec un élément inquiétant, c'est que le président de la République savait que je ne resterais pas les bras croisés. Il savait que je ne me soumettrais à aucune règle, à aucun calcul, à aucun intérêt. Et c'est sans doute l'un des éléments qui a fait hésiter le président de la République jusqu'au seuil de ma nomination. Parce qu'il sait que j'étais, somme toute, le moins contrôlable des premiers ministres possibles.

François Fillon : Quand on regarde l'histoire de la Ve République, à l'exception des périodes de cohabitation, les premiers ministres ont toujours mis en œuvre les politiques que le président de la République souhaitait. Parfois avec plus de libertés dans certains secteurs, mais enfin, quand Michel

Debré évoque ses relations avec le général de Gaulle, il s'emporte en affirmant : *« Le général prend le premier ministre pour un super-directeur de cabinet ! Il m'a interdit de m'occuper de l'Algérie ! Il pense que je ne suis que le chef de l'administration ! »* Ce n'est donc pas nouveau. En même temps, comme le président de la République et moi-même l'avons découvert au fil du temps, l'existence d'une structure de commandement, d'une structure de coordination de l'ensemble des ministères qui arbitre sur tous les sujets en permanence est absolument essentielle. Le président de la République ne peut pas être l'homme du compromis, celui qui cherche sans cesse à concilier le point de vue du ministre des finances et celui du ministre de l'éducation nationale. Ce travail de mise en forme, de coordination prend énormément de temps, n'est pas très valorisant et reste surtout difficile à expliquer à l'opinion publique. Mais il est absolument indispensable au fonctionnement de la machine gouvernementale.

Nous avions, Nicolas Sarkozy et moi, des relations d'amitié assez récentes. Nous avons appris à nous connaître à partir de l'année 2004, et la campagne présidentielle nous a beaucoup rapprochés. La façon dont nous nous étions ensemble préparés au pouvoir a créé une proximité et une amitié réelles entre nous. Pour le reste, les choses se sont ordonnées peu à peu. Nicolas Sarkozy a une vraie volonté de diriger l'ensemble du gouvernement et de l'administration que je n'ai pas de raisons de lui contester parce que je pense que c'est la réalité des institutions de la République. Moi, j'ai trouvé mon rôle qui est de regarder ce qui, dans les propositions du président, est réalisable ou pas et de faire jouer en harmonie un gouvernement. On a tendance à oublier, quand on décrit le fonctionnement du couple président-premier ministre, qu'il y a aussi un gouvernement et qu'il est comme un orchestre composé de solistes. Parvenir à les faire jouer ensemble, c'est vraiment la tâche du premier ministre. Voilà la répartition des rôles entre nous.

Le président qui gouverne, ce n'est pas seulement Nicolas Sarkozy avec le quinquennat. C'est aussi le général de Gaulle qui ne supportait même pas l'idée que les premiers ministres puissent conduire une politique autonome. De Gaulle allait jusqu'à dire à Pompidou : *« Vous n'êtes pas le chef du gouvernement, c'est moi le chef du gouvernement. »* Après l'épisode Giscard, François Mitterrand et Jacques Chirac ont amorcé une nouvelle distance que l'on a théorisée comme si elle était consubstantielle à la Ve République alors qu'à mon avis, elle est consubstantielle à la manière dont François Mitterrand et Jacques Chirac concevaient son fonctionnement. Jacques Chirac, dans la deuxième partie de sa présidence, a poussé très loin, trop loin à mes yeux, cette distance, ce rôle d'arbitre comme si lui-même, au fond, n'était pas engagé par les politiques que conduisait son gouvernement. Ce n'était pas sain et cela explique une partie de l'immobilisme de notre pays.

Pour ma part, je vois le président au moins une fois par semaine à l'occasion du conseil des ministres, mais la vérité, le mode de fonctionnement de Nicolas Sarkozy, ce sont quatre ou cinq réunions stratégiques par semaine, sur tous les grands sujets, à l'Élysée. Ce qui fait que l'on se parle presque tous les jours et que l'on se voit souvent le dimanche soir.

6

Cohabitation

Plus libres, plus autonomes face au président, mais parfois soumis à ses manœuvres, Édouard Balladur et Lionel Jospin relatent leurs expériences de « cohabitants » face à deux fauves du pouvoir, François Mitterrand et Jacques Chirac. Deux récits qui en disent long… sur ces présidents.

Édouard Balladur : Pour un premier ministre, la cohabitation présente des avantages et des inconvénients. L'inconvénient, c'est qu'il peut se trouver assez facilement en situation conflictuelle avec le chef de l'État. Il peut aussi, cela a été parfois mon cas, se trouver en situation conflictuelle avec les dirigeants politiques qui ne sont pas membres du gouvernement. Mais cela comporte un avantage. C'est qu'il dispose sur son équipe ministérielle d'une autorité sans partage.

Lorsque j'ai été nommé premier ministre, je suis allé voir François Mitterrand et nous avons eu une conversation assez longue, d'une heure et demie. J'ai commencé par lui déclarer que je voulais savoir dans quelles conditions je pourrais exercer ma fonction avant de l'accepter car je voulais qu'il soit bien clair que je n'étais pas mis devant le fait accompli et que ce n'était pas une décision qui s'imposait à moi avec une force incontestable. Bref que j'avais mon opinion à exprimer sur la question. Nous avons parlé assez longuement de notre conception de la Constitution et des rapports respectifs du président et du premier ministre. Personne n'a fait un cours à l'autre. Nous savions l'un et l'autre à quoi nous en tenir : c'est-à-dire que lorsqu'il y a cohabitation, le pouvoir passe très largement à Matignon. Le président le savait et me l'a d'ailleurs dit. Il est même allé assez loin, déclarant : *« Vous savez, c'est vous qui aurez le pouvoir et moi je ne serai qu'un notaire. »* Je n'en ai, bien entendu, pas cru un mot. Je savais qu'il serait davantage qu'un notaire, d'ailleurs l'expérience m'a prouvé que je ne me trompais pas. Mais je tenais à ce que, si nous devions cohabiter, les choses se passent avec un minimum de franchise réciproque. C'est-à-dire que je tenterais de ne pas le surprendre, de l'avertir à l'avance des décisions que je serais amené à prendre et que je souhaitais qu'il me prévienne des siennes de son côté, pour que les choses se déroulent entre nous de façon à peu près harmonieuse.

J'avais vécu la cohabitation de 1986-1988, avec François Mitterrand déjà à l'Élysée et Jacques Chirac à Matignon. C'est d'ailleurs moi qui, en 1983, avais théorisé, si je puis dire, cette fameuse cohabitation. J'avais tiré quelques conclusions de cette expérience sur le plan des relations entre le président et le premier ministre. Et c'est là que la règle du jeu a été définie de façon très claire entre M. Mitterrand et moi lors de notre premier entretien. Ne pas nous surprendre l'un l'autre. En matière de politique intérieure, une très large liberté d'action du premier ministre, en matière de politique étrangère, ce qu'il a appelé lui-même le domaine partagé. C'est-à-dire que le premier ministre avait lui aussi un rôle à jouer en matière de défense et de politique étrangère.

Que dit notre Constitution ? Elle n'est pas très claire justement, puisqu'elle dit à la fois que le président de la République est le chef des armées, mais aussi que le premier ministre est responsable de la défense nationale. Elle dit à la fois que le président de la République négocie et ratifie les traités mais aussi que c'est le gouvernement qui détermine et qui conduit la politique de la nation. Toute la difficulté de la cohabitation résulte de cette simple énumération. C'est-à-dire de la possibilité d'une concurrence. Aussi bien en matière diplomatique qu'en matière militaire. Et c'est ce qui impose, aux yeux du monde et aux yeux des Français, qu'en cas de cohabitation, président et premier ministre agissent de la façon la plus homogène possible même s'ils ont des désaccords. Et qu'ils essaient de régler ces désaccords entre eux, et entre eux deux seuls, sans en faire un sujet de contestation publique. Nous y sommes à peu près parvenus, M. Mitterrand et moi, pendant ces deux ans. Nous avons eu un désaccord qui est apparu aux yeux de tous, sur les essais nucléaires. Pour les réunions internationales, lors de l'entretien que j'avais eu avec lui, le soir où il m'a nommé, M. Mitterrand m'a dit : *« Oh ! pour les réunions internationales, je compte aller à la réunion du G 7 à Tokyo, au mois de juillet, parce que c'est la première fois qu'il y aura Bill Clinton. Après, nous nous arrangerons pour les sommets européens, ce sera tantôt vous et tantôt moi. Mais je suis tout prêt à faire en sorte qu'on vous invite à Tokyo au sommet.* » Et je lui ai répondu : « *N'en faites rien.* » N'en faites rien parce que les choses sont fixées, il y a un nombre d'invités limité, avec des règles très strictes et je ne voulais pas être invité en surnombre. Le fait que la France soit représentée non pas seulement par un responsable mais par deux, alors que tous les autres pays ne sont représentés que par le chef d'État ou par le chef du gouvernement, pose un problème particulier qui donne lieu à des contestations. J'avais le souvenir de ce qui s'était passé en 1986, lors du sommet de Tokyo auquel avaient participé Mitterrand et Chirac à la fois. Cela avait été une humiliation pour Chirac et un ridicule pour la France. Mais je tenais absolument à ce que la position qui serait défendue par la France lors du sommet de Tokyo fût celle du gouvernement. C'est-à-dire que je me suis mis d'accord avec M. Mitterrand pour qu'avant les réunions nous en parlions tous les deux. Et en général, je faisais une communication en conseil des ministres dans les jours qui précédaient la tenue du sommet. Cela a été vrai aussi bien à Tokyo qu'ensuite en Italie : le conseil des ministres donnait ses instructions à la délégation. Il était exclu que la France fût engagée dans une réunion internationale dont je serais absent sans que le gouvernement ait eu préalablement à en connaître, à en discuter et à fixer les lignes directrices. M. Mitterrand l'a parfaitement compris et admis, et cela n'a jamais donné lieu à des difficultés. Il faut dire aussi que ces sommets sont souvent des lieux de débats très généraux et fort peu de décisions sont prises… Mais quoi qu'il en soit, la délégation française comprenait le ministre des affaires étrangères et le ministre de l'économie qui, bien entendu, m'en rendaient compte, heure par heure s'il le fallait.

En revanche, nous allions ensemble, le président et moi, aux conseils européens où les principes sont souples. Tantôt l'un se levait, tantôt l'autre, et nous siégions côte à côte. Nos partenaires avaient admis que lorsqu'il y avait une réunion de chefs d'État et de gouvernement, la France avait deux représentants et non un seul. Cela a été la même chose pour la cohabitation suivante entre MM. Chirac et Jospin. C'était admis. Une sorte d'exception française, si je puis dire. De temps à autre, enfin, l'un de nous deux se levait pour permettre à Alain Juppé, le ministre des affaires étrangères, de participer aux réunions et je dois dire que souvent les délégations étrangères étaient surprises de la facilité, j'allais dire de la bonne grâce, avec laquelle les choses se passaient. En somme, la France était représentée dans sa totalité. C'est finalement cela la cohabitation.

Lionel Jospin : Tous les coups de canif au contrat ont été donnés par le président de la République. Jacques Chirac a commencé tôt, puisque, dès le

14 juillet 1997, dans le moment où pourtant il était encore affaibli, il a développé, à l'occasion de son interview traditionnelle, l'une de ses invraisemblables théories selon laquelle le président de la République aurait le dernier mot en tout. Ce qui, évidemment, n'existe pas dans la Constitution et n'a jamais existé dans la pratique. J'ai dû le reprendre assez durement, au sein du conseil des ministres. J'étais assis en face de lui et devant tous les ministres rassemblés, pour que cela soit clair, je lui ai rappelé les articles fondamentaux de la Constitution, notamment l'article 20 qui dit que le gouvernement détermine et conduit la politique de la nation, et l'article 21 qui dit que le premier ministre est le chef du gouvernement. Nous pouvions donc librement mener notre politique sans qu'il y ait un dernier mot du président de la République.

Parmi les nombreuses critiques qu'il a faites, la plus nocive et la plus irresponsable, à mon sens, a été son attitude pendant ce qu'on a appelé la crise des farines animales. Il s'agissait d'un grave problème de santé publique qui pouvait aussi avoir un retentissement sur la production agricole. Il l'a traité de façon purement politicienne, sans prendre en compte la gravité des problèmes et les conséquences possibles. Le président de la République savait que, alerté par les expériences anglaises sur les dangers de l'ingestion par du bétail de farines animales, mon gouvernement était en train de traiter cette question. Mais elle était très délicate à beaucoup d'égards. Et il nous a interpellés publiquement pour gagner l'avantage devant l'opinion, en nous demandant de faire tout de suite ce que nous allions faire, mais dans des délais raisonnables. Le résultat, c'est qu'il a aggravé la crise agricole et la chute de la consommation de la viande.

La deuxième conséquence, c'est que nous avons dû prendre de façon extrêmement précipitée des décisions très lourdes. Parce que ne plus utiliser les farines animales, c'est accumuler des tonnes, puis des centaines de tonnes, puis des milliers de tonnes, puis des dizaines de milliers de tonnes, puis des centaines de milliers de tonnes de farines animales. Comment les éliminer ? Il fallait les brûler, il fallait donc trouver des solutions. Et il nous a obligés à travailler en urgence sur des problèmes qui pouvaient avoir des conséquences extrêmement graves sur la santé publique. Ce jour-là, j'ai, pour ce qui me concerne, définitivement porté mon jugement sur le rapport que pouvait avoir Jacques Chirac aux responsabilités d'État et aux intérêts des Français.

Et puis il y a eu ce dernier épisode qu'a été le 14 juillet 2001, son dernier 14 juillet en cohabitation. Il s'est lancé dans une litanie de critiques contre le gouvernement. J'ai donc constaté que, même si notre relation a été correcte et plutôt cordiale, il était difficile de faire vraiment confiance à Jacques Chirac même sur les questions touchant aux intérêts essentiels de la France. Mais après tout, ses amis avaient appris qu'il ne fallait pas lui faire confiance…

Par ailleurs, le fait d'avoir deux têtes au sommet de l'exécutif, deux interlocuteurs par exemple dans les sommets bilatéraux européens avec la Grande-Bretagne, l'Espagne ou l'Italie, le fait que le premier ministre, le chancelier d'un pays ami devait rencontrer d'abord le président de la République, ensuite le premier ministre, n'était pas une bonne chose pour la France. Donc, ce n'était certainement pas un atout. Je crois que dans l'ensemble, nous avons évité que cela devienne un handicap.

Alain Juppé : La cohabitation est peut-être la situation idéale pour le premier ministre. Cette tension entre les deux têtes de l'exécutif est-elle idéale ou seulement bonne au total pour le pays ? C'est un autre problème. Il y a au fond trois cas de figure dans les relations président-premier ministre : il y a la cohabitation. Et puis en non-cohabitation, il y a le conflit entre le premier ministre et le président, comme entre Mitterrand et Rocard, et enfin l'harmonie entre le président et le premier ministre. Moi je crois que, dans la hiérarchie des schémas, la meilleure solution, c'est de ne pas être en cohabitation et d'être en harmonie entre le président et le premier ministre. Je reconnais que ce sont des situations un peu exceptionnelles. Il y en a eu peut-être deux ou trois dans l'histoire de la Ve République.

7

Le maniement des hommes

Comment « manager » un gouvernement composé de fortes personnalités, de favoris du président ou de véritables rivaux ? De l'art de gouverner les hommes et de neutraliser ses adversaires potentiels…

François Fillon : J'avais connu, comme ministre, trois premiers ministres, Alain Juppé, Édouard Balladur et Jean-Pierre Raffarin, dont les types de management étaient fort différents, et qui m'ont inspiré ensuite, lorsque j'ai été nommé à Matignon. Édouard Balladur avait sans doute le management des hommes le plus sophistiqué et le plus efficace. Il était toujours affable, très disponible pour les membres de son gouvernement, y compris pour les plus modestes d'entre eux. Quand l'un d'entre nous était en difficulté, il savait qu'il pouvait sinon compter sur le premier ministre, du moins compter sur le temps qu'il allait pouvoir vous accorder pour en parler. Il était rare qu'on ne puisse pas, dans la journée, passer une demi-heure, trois quarts d'heure, une heure avec lui pour parler des dossiers complexes. Et d'ailleurs, sur cet entretien d'une heure, on passait souvent une demi-heure à parler d'autre chose. Et notamment de la vie, de nos lectures, du dernier film qu'on avait vu. Il y avait donc une sorte de rythme dans la manière d'exercer la fonction de premier ministre d'Édouard Balladur qui m'avait beaucoup impressionné.

Édouard Balladur : Je décentralisais les décisions. Je ne considérais pas que j'avais à me mêler de tout. Il y avait des ministres, je leur faisais confiance ; ils venaient me parler des choses importantes et nous réglions les affaires. Décentralisation, mais aussi rapidité. Moi, je n'aime pas les longues réunions. Je trouve qu'au bout d'une demi-heure, trois quarts d'heure, on a tout dit, il ne reste plus qu'à décider. Et lorsque ces réunions sont précédées par des documents, des notes, des rapports suffisamment explicites et aussi suffisamment courts, on peut décider rapidement. C'est ce à quoi je me suis employé. J'ai eu à faire face à des décisions difficiles sur le plan technique, comme par exemple les négociations du GATT. J'y ai associé les quatre ou cinq ministres principalement intéressés que je réunissais une ou deux fois par semaine, et ce pendant plusieurs mois, jusqu'à ce que l'on arrive à la conclusion, et les choses se sont finalement bien passées.

J'avais pour principe de travailler en confiance avec les ministres. Je n'ai jamais accepté la démission de ceux d'entre eux qui ont eu des mécomptes ou des difficultés, dont ils ont tiré la conclusion qu'ils devaient me remettre leur démission parce que telle politique qu'ils avaient menée avait échoué. François Bayrou m'a présenté sa démission après l'épisode de la loi Falloux, je l'ai refusée. Michel Giraud m'a présenté sa démission après l'affaire du CIP, je l'ai refusée. Bernard Bosson m'a aussi présenté sa démission après la crise sociale d'Air France et je l'ai aussi refusée.

Dès lors qu'ils avaient agi en m'en rendant compte préalablement et en demandant mon feu vert, j'étais responsable au même titre qu'eux et je n'entendais pas leur faire porter seuls cette responsabilité. Je pense que cela s'est su et que cela a donné à chacun confiance en lui-même. Je voulais leur donner le sentiment que lorsqu'ils avaient des difficultés, qu'ils étaient venus me trouver pour m'en parler, et qu'on avait décidé ensemble quelque chose avec mon plein accord, qu'ils n'étaient pas seuls ; il y avait quelqu'un qui les soutenait.

François Fillon : Alain Juppé, c'était tout le contraire. Des décisions très abruptes et souvent pour les ministres le sentiment qu'ils n'avaient pas eu le temps de s'expliquer et de défendre leur position.

Alain Juppé : On ressent souvent les réunions et les entretiens comme inutiles. À certains moments, vous recevez des gens qui n'ont pas grand-chose à vous dire, à qui vous n'avez pas grand-chose à dire non plus, et vous vous interrogez : pourquoi perdre ainsi son temps ? Tout simplement parce que le seul fait d'être reçu par le premier ministre est déjà un acte en soi. Si vous ne le faites pas à l'égard d'un certain nombre de gens, ils seront très mécontents, humiliés parfois. Il faut donc faire un certain nombre de gestes de ce type. Mais j'essayais d'éviter ceux qui sont vraiment faits en pure perte…

François Fillon : Jean-Pierre Raffarin, lui, donnait le sentiment de ne pas être en mesure de trancher les sujets. Soit parce qu'il ne voulait pas le faire, soit parce qu'il voulait que le président de la République le fasse. Nous avions donc des réunions très longues, assez confiantes, mais dont il sortait rarement une décision. Il y avait énormément de ministres qui passaient par-dessus la tête de Raffarin pour aller à l'Élysée voir Jacques Chirac, je le sais parce que j'en faisais partie. Sans avoir d'ailleurs de bonnes relations avec le président de la République de l'époque. Mais quand on sentait qu'un dossier était très stratégique et qu'il y avait vraiment des difficultés, c'était une façon plus rapide et efficace de le régler.

Jean-Pierre Raffarin : Matignon est une machine à arbitrer, vous avez beaucoup, beaucoup de réunions de ministres, et dans ces réunions vous arbitrez à la hache et vous avez toujours un ministre content et l'autre mécontent. Le mécontent est souvent très, très grognon. Alors, quand il s'appelle Sarkozy, quand il s'appelle Villepin, quand il s'appelle Untel, vous traînez ça trois, quatre jours avec un certain nombre de petites pollutions qui font que ça rend la vie un peu compliquée.

François Fillon : J'essaie à Matignon de tenir compte de ces expériences-là, c'est-à-dire d'être disponible, de pouvoir voir les ministres parce que je sais ce que c'est qu'un ministre en difficulté, qui sent tout d'un coup qu'il n'y a plus personne autour de lui. J'essaie de trancher, de ne pas laisser les ministres dans l'ambiguïté car je m'aperçois qu'à chaque fois qu'on laisse une question dans l'ambiguïté, cela se termine toujours très mal.

Aujourd'hui, la méthode de travail de Nicolas Sarkozy est très différente et modifie les choses, y compris pour Matignon. Le président veut comprendre tous les dossiers. Et donc la plupart des sujets sont traités à partir de réunions qui ont lieu avec l'ensemble des ministres concernés à l'Élysée, même si on prépare ces réunions ici, à Matignon. Et quand on est à l'Élysée, tout le monde peut donner son point de vue et naturellement le premier ministre peut, au moment où il le souhaite, peser sur les décisions.

Pierre Mauroy : Il est toujours difficile de travailler avec tous ceux qui ne souhaitent pas forcément votre place, mais veulent conserver leurs liens privilégiés avec le président. J'en ai eu un paquet dans mes équipes ministérielles. Il y avait d'abord ceux qui avaient connu Mitterrand vingt ans auparavant, à la Convention des institutions républicaines. Les ombrageux autoritaires comme Pierre Joxe, qui me snobait. Et puis, Jack Lang, invité en permanence à dîner le dimanche soir et qui en profitait pour pousser des projets auxquels j'avais dit non. Les protégés, comme Édith Cresson, mais elle, elle a toujours joué à la régulière. Ceux qui allaient à Latché le week-end. Ceux qu'on appelait les visiteurs du soir. Toute une ribambelle de gens plus ou moins influents. Dans ces cas-là, mieux vaut avoir un rapport confiant avec le président…

Raymond Barre : Je me suis toujours souvenu d'un propos que m'avait tenu le général de Gaulle. Au cours d'une audience qu'il m'avait accordée et où nous avions parlé de diverses difficultés, il m'avait expliqué : *« Dites-vous bien que lorsqu'il s'agit de grands problèmes, il est important de répéter constamment des choses simples. »* Je crois que c'est très vrai.

8

L'ennemi de l'intérieur

Les rivaux les plus coriaces peuvent être partout et surtout parmi les alliés : au sein de la majorité RPR, au cœur même du gouvernement, ou à la tête du parti censé soutenir le premier ministre. Occupez-vous de mes ennemis, mes amis, je m'en charge…

Raymond Barre : C'était avant les élections législatives de 1978. Jacques Chirac et moi, enfin le couple Chirac, ma femme et moi, décidons de dîner amicalement ensemble. Chirac était tenté de connaître la cuisine hongroise que ma femme fait bien, et nous avons donc organisé un dîner tout à fait agréable à Matignon. C'était un soir d'été et nous sommes allés ensuite nous promener dans le parc, laissant nos femmes discuter au salon. Chirac me lance alors : *« Mon cher Raymond, les élections législatives sont perdues. »* Je tente de temporiser : *« Écoutez, il y a encore cinq mois, on ne sait pas ce qui peut se passer… – Elles sont perdues, et mon seul but est de tirer hors du jeu l'épingle du RPR,* reprend-il. *Alors, parce qu'il faut préparer les législatives, nous allons vous attaquer. Mais je tiens à vous dire que nous n'attaquons pas Raymond Barre, que nous connaissons et dont nous savons ce qu'il a fait depuis le temps du général de Gaulle. Nous attaquons le premier ministre de M. Valéry Giscard d'Estaing ! »* Chirac a cette caractéristique d'être très direct. Cela ne change pas ses sentiments à votre égard. Cela ne change pas le fait qu'il sera prêt le lendemain à vous rendre service si vous en avez besoin. Je suis d'ailleurs persuadé que tous ses succès viennent du fait que les Français l'ont toujours considéré, pour reprendre l'expression américaine, comme *a nice guy*. Enfin, me voilà à la tête d'un gouvernement avec une majorité dont le pied principal, le RPR, me faisait la guerre…

Cette stratégie du RPR s'est prolongée jusqu'en 1981 avec le résultat que l'on connaît. Mais en attendant, je les ai vus critiquer le gouvernement, l'attaquer, affirmer qu'il n'y avait aucun résultat. Affaiblir le gouvernement, c'était affaiblir le président de la République. Et à partir de 1978, tout sera concentré sur l'élimination du président de la République. J'avais intégré cependant que jamais le RPR ne voterait une motion de censure, parce qu'il avait peur de la dissolution. Mais sournoisement, insidieusement, il visait Giscard et j'ai compris à ce moment-là qu'à leurs yeux le septennat de M. Giscard d'Estaing était un épisode, une parenthèse de la Ve République.

Pierre Mauroy : En 1983, le président de la République me reçoit un lundi à 11 heures – c'était inhabituel qu'il me reçoive ce jour-là – et m'explique : *« Écoutez, monsieur le premier ministre, je pense qu'il faut essayer de sortir du système monétaire européen. »* J'y étais tout à fait opposé pour bien des raisons, la première étant que le système monétaire européen nous protège.

Cela m'a surpris qu'il me demande ainsi, directement, de sortir du système monétaire européen. Mais je savais que tout l'hiver, il y avait eu des bavardages avec ceux que j'ai appelés les visiteurs du soir. Parfois, je quittais le président et je rencontrais dans les escaliers de l'Élysée des personnalités que je connaissais, des grands patrons, des dirigeants du Parti socialiste, quelquefois même certains de mes ministres. Laurent Fabius, évidemment, mais il n'était pas le seul. Il y avait aussi Pierre Bérégovoy et d'autres. Le président de la République m'assurait : « *Oui, j'ai ces discussions parce qu'on a fait le blocage des prix, mais la situation reste difficile… Le blocage a demandé quelques mois pour donner des effets. Et puis, j'ai l'impression que si on se donnait davantage de marge…* » Ces visiteurs du soir l'avaient convaincu qu'une des premières mesures à prendre pour se redonner des marges était de sortir du système monétaire européen.

Je voyais déjà le danger de ce genre de mesure et tout de suite, je lui ai dit non. J'ai usé alors d'une image qui vaut ce qu'elle vaut : « *Écoutez, moi j'aime bien conduire ma voiture, mais la conduire sur le verglas, ça, je ne sais pas. Par conséquent, je ne m'aventure pas. Et si c'est la décision que vous prenez, dans ce cas-là, avec beaucoup de regret voire de tristesse, je quitterai mon poste de premier ministre.* » Il a été surpris et m'a proposé de repasser dans l'après-midi. Je rentre à Matignon… et prépare ma lettre de démission que j'ai dans la poche lorsque je retourne le revoir dans l'après-midi. Je lui répète que la sortie du système monétaire européen serait une colossale erreur et que je démissionnerai s'il y tient vraiment. Il me demande de rester à mon poste et je vois bien qu'il doute.

Le va-et-vient de ministres et de hauts responsables aux avis contradictoires a duré une semaine à l'Élysée. Lorsqu'il a vu enfin Jacques Delors, il lui a posé la même question : « *Mauroy ne veut pas mais j'espère que vous…* » Et Delors lui a dit non : « *Je suis solidaire du premier ministre, il n'est pas question pour moi de sortir du système monétaire européen.* » Finalement, j'insiste pour qu'il pousse Fabius dans ses retranchements : « *Écoutez, Fabius est le ministre du budget, le phare du gouverneur de la Banque de France. Demandez-lui qu'il vous parle des réserves qui sont les nôtres et de la façon dont nous pourrions résister à une sortie du système monétaire européen.* » Et le président est revenu de son entretien en disant : « *Je suis d'accord pour qu'on sorte du système monétaire européen mais pas maintenant.* » Ah ! et pourquoi pas maintenant ? Parce que nous n'avions pas suffisamment de réserves et que cette sortie serait très dangereuse pour nos finances.

Tout de même, François Mitterrand est allé plus loin. Il a demandé au secrétaire général de l'Élysée de réclamer aux autres premier ministres possibles une note sur les mesures qu'ils prendraient immédiatement après être sorti du système monétaire européen et pour assurer le succès de cette nouvelle politique. Il y avait Fabius, bien entendu,

Bérégovoy… bref, ceux qui, parmi mes ministres, passaient par-dessus moi pour plaider la sortie du SME. Delors, lui, n'y a pas participé. Il y a eu une discussion très âpre entre les uns et les autres qui a fait douter Mitterrand. Mais surtout, il y a eu un changement de politique en Allemagne et le franc a été soumis à rude épreuve. Si bien que j'ai pu plaider auprès du président que, parce que nous étions dans le système monétaire européen, nous n'aurions pas à faire une dévaluation dure ayant des conséquences négatives, mais qu'il y aurait une négociation entre Européens pour réévaluer certaines monnaies, en dévaluer d'autres, mais en tout cas retrouver un nouvel équilibre. Le président de la République a alors reconnu : *« Écoutez, monsieur le premier ministre, la politique que vous faites est la seule que l'on peut faire pour servir les intérêts du pays. Je vous confirme à votre poste. »* Et c'est ainsi que j'ai formé mon troisième gouvernement.

Jean-Pierre Raffarin : Avoir deux ministres qui rêvent d'être à votre place, c'est assez courant. Moi je crois que j'en ai eu même plus de deux. Il y a tous ceux qui pensent que si vous trébuchez à un moment ou à un autre, ils pourront vous remplacer. J'avais bien quatre ou cinq personnes qui pensaient pouvoir être à ma place, plus quatre ou cinq ministres qui roulaient pour ces quatre ou cinq personnes. Et donc, finalement, j'avais quasiment, dans mon gouvernement, la moitié des ministres qui se disaient que si j'avais un problème, ils s'en satisferaient éventuellement. Dans ces conditions, la cohérence gouvernementale n'est pas si facile que cela. C'est d'ailleurs presque plus un problème de climat global, lorsque ceux qui ont intérêt à ce que la tête du gouvernement change sont plus nombreux que ceux qui ont intérêt à ce qu'elle continue. En ce qui concerne les « papabile », j'en voyais beaucoup. Finalement, cette ambition vient assez vite…

Pendant les deux premières années, Dominique de Villepin m'a assez peu gêné, parce qu'il était ministre des affaires étrangères, voyageait beaucoup, était peu présent dans l'action politique nationale et, globalement, les choses se passaient assez bien. Après les régionales, mauvaises pour l'UMP, les choses sont devenues plus compliquées. Nicolas Sarkozy souhaitait prendre la présidence de l'UMP, ce que lui contestait le chef de l'État, et il a dû quitter le gouvernement. Et Dominique de Villepin est devenu ministre de l'intérieur. Son ambition, sa détermination à prendre ma place se sont affichées. J'avais estimé depuis longtemps que ce serait lui mon successeur. Je connaissais à peu près le calendrier. Mais il a commencé à multiplier les déclarations médiatiques contre moi. Et franchement, puisqu'il savait qu'il irait à Matignon, il aurait pu s'en dispenser…

Édith Cresson : La direction du parti, certains parlementaires, certaines personnalités « amies » du président venaient directement lui expliquer des choses que j'ignorais et qui étaient quelquefois inexactes. Parfois, on parvient à savoir ce qui a été dit et à démontrer que c'est inexact, mais, dans beaucoup de cas, on n'y arrive pas. Pierre Mauroy s'était déjà plaint, en son temps, de ce qu'il appelait les « visiteurs du soir », et pourtant, lui, il était dans la période de grâce, en 1981, il n'était pas dans la situation politique difficile qui était la mienne. Mais ces visiteurs du soir, qui d'ailleurs arrivaient toute la journée, étaient des gens qui pouvaient avoir accès au président sur des critères flous – c'est le moins qu'on puisse dire – et qui pouvaient raconter n'importe quoi. Donc, c'était très difficile de pouvoir gouverner dans ces conditions-là.

Aussitôt après ma nomination, j'ai vu les principaux ministres qui devaient faire partie du gouvernement. Pierre Bérégovoy est donc venu à son tour. Il a été très clair. Il m'a affirmé qu'il avait été très tenté de partir avec Michel Rocard, qu'il ne comprenait pas la décision du président de me nommer et qu'il ne restait que par devoir, la stabilité du franc, affirmait-il, dépendant de son maintien aux commandes à Bercy… Je n'avais pas d'autre choix que de le garder, d'autant que le président avait insisté sur ce point. Il n'a cessé, à partir de ce moment-là, de faire tout ce qu'il fallait pour m'empêcher d'agir. Il recevait chaque mardi matin les journalistes et m'éreintait auprès d'eux. Il n'a jamais cessé de jouer contre moi et mon gouvernement. Il a gagné, d'une certaine façon, puisqu'il m'a remplacée. Mais ce n'était pas assez. Ensuite, il n'a cessé de ruminer qu'il était arrivé à Matignon trop tard. Et c'est en partie cela qui l'a rendu, les derniers mois de sa vie, si amer…

Pierre Messmer : Certains ministres tentent de vous court-circuiter avec la présidence. Ceux qui ont des ambitions présidentielles, notamment. Par exemple, Valéry Giscard d'Estaing qui était ministre des finances. Par exemple encore, Jacques Chirac, qui était ministre de l'agriculture puis ministre de l'intérieur. Et quelques autres aussi, qui se faisaient des illusions. Ceux-ci cherchent toujours à avoir le contact direct avec le président. Quitte à se réfugier derrière le premier ministre quand cela ne marche pas. Ce n'est pas commode, mais c'est une émulation. Vous savez, un gouvernement qui serait complètement au garde-à-vous, c'est un bon gouvernement dans les crises. Mais dans les temps ordinaires, il vaut mieux débattre…

Dominique de Villepin : Nicolas Sarkozy était convaincu que je pouvais représenter un risque pour l'élection présidentielle. Et la sensibilité qui était la mienne, qui tenait bon sur des principes fondamentaux, à la fois des principes républicains et des principes d'indépendance nationale, lui apparaissait assez différente de sa vision. Donc je représentais un autre courant. Par ailleurs, il connaissait mon tempérament, il savait que je n'étais pas quelqu'un qui transigeait facilement. J'avais beau lui répéter mes intentions, il ne les croyait tout simplement pas. Quand l'occasion s'est présentée, quand les difficultés se sont accrues, la majorité s'est organisée pour faire en sorte que ce qui aurait pu n'être que des difficultés mineures soit véritablement la marque d'un arrêt complet de toute perspective et de toute ambition présidentielle de ma part.

Paradoxalement, l'attitude de Nicolas Sarkozy vis-à-vis de moi, et le danger que je pouvais représenter, sur le plan politique ou sur le plan des élections présidentielles, n'a pas été fonction de ma cote de popularité. Il connaît bien la politique, il sait qu'on peut être très haut dans les sondages sans pour autant pouvoir disposer d'un capital dans une élection présidentielle. L'inquiétude de Nicolas Sarkozy était beaucoup plus profonde. Mes principes républicains, le rejet de toute réforme de la laïcité, la défense de l'indépendance nationale, le bagage qui était le mien en politique étrangère à travers la guerre d'Irak, tout cela représentait ce qu'on appelle du lourd en politique, de l'identifiant. Est-ce que cela représentait 10, 12, 15 % de voix ? Il savait que cela représentait quelque chose avec lequel il fallait compter.

Compte tenu du tempérament de Nicolas Sarkozy, il ne voulait prendre aucun risque. Il voulait très tôt que tout soit joué. Il voulait très tôt que Jacques Chirac dise qu'il le soutenait, que je dise que je le soutenais pour être, en quelque sorte, dans la même logique de candidature qu'Édouard

Balladur en 1995, pour lequel il avait travaillé. Il voulait que les choses soient totalement aplanies, qu'il puisse être complètement rassuré sur son avenir politique.

Il a donc créé une impression de rivalité, une impression de chevauchée héroïque le conduisant à être le candidat de la majorité contre nous. J'avais fait le choix d'être premier ministre et j'avais dit à Nicolas Sarkozy que je ne serais pas candidat à la présidentielle. Mais Nicolas Sarkozy était pressé. Il aurait voulu que les choses soient décidées, décrétées bien plus tôt. Je crois qu'il n'a pas saisi à quel point il a été porté de ce point de vue-là par la chance. Nous avons évité une querelle à droite comme nous l'avions connue avec Édouard Balladur et Jacques Chirac. Je l'avais vécue aux premières loges, je ne souhaitais pas revivre cela. Le Parti socialiste lui-même étant épuisé par ses propres rivalités, le combat, finalement, même s'il a été fortement mis en scène sur le plan médiatique et politique, a été, à mon sens, l'un des plus faciles de la Vᵉ République. Mais il avait les apparences d'une chevauchée héroïque.

9

L'œil du parti, l'oreille de la majorité

Mieux vaut contrôler le parti majoritaire, si l'on veut tenir ses troupes. Petite leçon de tactique politique à ceux qui ne l'avaient pas compris et l'ont appris à leurs dépens…

Édouard Balladur : Je n'ai sans doute pas assez accordé d'importance au rôle des partis. François Mitterrand, qui était un homme plein de discernement, m'a interpellé un jour : « *Je voudrais vous poser une question…* » Je l'écoute : « *Êtes-vous très au fait du fonctionnement des partis ?* » J'ai reconnu : « *Non, pas vraiment. Cela ne m'intéresse pas énormément. Avoir ses réseaux, ses relations, ses filières, cela ne me plaît pas beaucoup.* » Et il rétorque : « *Vous avez tort. Cela a beaucoup d'importance et vous devriez vous en préoccuper.* » Il avait raison. Ce qui prouve que, sur un certain plan, de Gaulle, qui voulait que l'élection présidentielle échappe aux partis, s'est trompé. Parce que l'élection du président au suffrage universel donne aux partis, c'est-à-dire aux organisations bien implantées, bien mécanisées, bien utilisées, une importance extrême. Finalement, regardez les élections de la Ve République : de Gaulle a été élu parce qu'il était de Gaulle, cela va de soi, en 1965, mais enfin, avec le soutien de l'UDR, qui était le plus important parti de l'époque. Pompidou a été élu, lui aussi, parce qu'il était Pompidou, mais enfin, avec le soutien de l'UDR aussi, le plus important de l'époque. Mitterrand : soutien socialiste. Re-Mitterrand : soutien socialiste, et Chirac : soutien RPR en 1995. Il y a une seule exception, celle de Giscard d'Estaing en 1974, qui a été élu alors qu'il était soutenu par le plus petit parti de la majorité de l'époque. Mais à l'époque, je vous rappelle que les gaullistes étaient divisés. Les uns avaient soutenu Giscard, les autres avaient soutenu Chaban-Delmas. Mais l'élection de Giscard est le seul exemple. Dans tous les autres cas, celui qui gagne, jusqu'à présent, a été celui qui avait le soutien du parti le plus important. Moi qui m'intéresse tellement à l'Histoire, j'aurais dû méditer cette leçon. Mais j'ai pensé que, de toute façon, je n'avais pas les moyens de tenter de jouer un rôle à l'intérieur même de l'organisation. Et j'ai cru qu'aller dans la bonne direction, mener une politique qui correspondait aux intérêts du pays, reconnaître ses erreurs quand on en commettait, l'opinion publique m'en saurait gré.

Édith Cresson : J'étais hors courant. Je n'avais donc aucun soutien d'aucun des clans du Parti socialiste, c'était ça ma difficulté. Mes prédécesseurs l'avaient tous eu et parfois étaient eux-mêmes à la tête d'un courant, comme Fabius ou Rocard. Moi, je n'avais le soutien de personne. Sauf, bien sûr, de l'ensemble des parlementaires socialistes de base, qui étaient plutôt amicaux et avec qui j'entretenais souvent personnellement de bonnes relations. Mais il n'y avait pas eu la constitution d'un clan pour me soutenir avec des relais à l'intérieur du clan pour faire passer des mots d'ordre ou des directives. Alors, tant que Pierre Mauroy a été premier secrétaire du Parti socialiste, cela a été à peu près. Ensuite, cela a été beaucoup plus difficile.

Raymond Barre : Les contacts que j'ai eus avec Chirac me laissaient penser que nous pourrions toujours nous entendre, de manière cordiale. Mais il y avait le RPR. Il y avait surtout ce que j'avais ressenti : la profonde méfiance du RPR à l'égard du président de la République, mais, plus encore, la volonté du RPR de reconquérir le pouvoir. Il avait perdu l'Élysée, voilà qu'il perd Matignon. Claude Labbé, alors dirigeant du RPR, l'avait affirmé : *« Nous avons perdu l'un et l'autre, ce n'est pas possible. »*

Alain Juppé : L'erreur fondamentale que nous avons commise, Jacques Chirac et moi, et que j'ai commise personnellement, parce que j'aurais pu conditionner mon arrivée à Matignon sur ce point, a été de ne pas dissoudre au lendemain de l'élection présidentielle. La majorité s'était divisée, on voyait bien que cette division allait laisser des traces, et je m'en suis aperçu assez vite au Parlement. Il aurait donc fallu reconstituer, autour du nouveau président de la République, une majorité parlementaire cohérente ayant du temps devant elle, parce que la législature allait s'achever trois ans après ; j'avais donc au maximum trois ans devant moi. On verra que ça n'a même pas été trois ans, compte tenu de la dissolution, mais en toute hypothèse, c'était trois ans maximum. Et du fait de cette erreur initiale de ne pas avoir dissous, je n'ai jamais pu ressouder une majorité véritablement cohérente.

J'aimerais aussi beaucoup que ceux qui donnent des conseils au premier ministre sur la façon de se comporter face à la majorité ou à l'opposition, se trouvent transportés, ne serait-ce que dix minutes, dans la situation physique où on est au banc du gouvernement, à l'Assemblée nationale. Lorsqu'on voit cela à la télévision, on dirait un hémicycle assez vaste, avec beaucoup de recul. En réalité, c'est petit et on est au milieu de gens qui vocifèrent. Là aussi, à la télévision, on ne les entend pas bien, parce que celui qui a le micro occupe le devant de la scène. Mais dans la réalité, c'est tout à fait différent. Il y a du brouhaha partout, les gens vous interpellent, l'opposition avec violence, la majorité répond à l'opposition. Il faut avoir énormément de sang-froid et de métier pour ne pas se laisser déstabiliser.

Pierre Messmer : Il est indispensable que le premier ministre soit le chef de la majorité. Parce que s'il ne l'est pas, la majorité se moque de lui : qu'est-ce que c'est qu'un premier ministre qui n'est pas capable de vous assurer votre investiture ? C'est un homme qui vous est utile dans la vie courante, mais pas pour l'essentiel c'est-à-dire, aux yeux d'un député, sa réélection. Alors, on voit ce qui se passe dans ces cas-là. Le premier ministre n'a guère de poids sur le groupe parlementaire.

Ce qui a changé, c'est que maintenant, la cohabitation est devenue courante. Parce que, après 1981, tous les premiers ministres ont pris l'habitude de perdre les élections législatives. Et la majorité unique est devenue l'exception.

Jean-Pierre Raffarin : Je pense être l'un des premiers ministres qui a eu les meilleures relations avec sa majorité. Je n'ai pas eu de crise violente avec elle trois ans durant. Ma majorité avait une relation assez affective avec moi. Les réunions de groupe étaient toujours paisibles, je n'y suis jamais entré sans être applaudi ; dans la réunion de groupe c'était toujours assez serein. Et plus ça allait mal, plus ma majorité me soutenait. Je n'ai eu qu'un sujet de tension avec ma majorité, c'était à propos du lundi de Pentecôte. Et nous l'avons traité avec les parlementaires, puisqu'ils ont demandé que ce jour, que je voulais travaillé, puisse être remplacé par un jour de RTT en moins. À cette occasion, ma majorité m'a dit : *« Trop, c'est trop, là, il faut se calmer. »* Pour le reste, j'ai vraiment eu une majorité qui m'a soutenu.

Je pense que dans le nouveau quinquennat, le président de la République est quelque peu le chef de la majorité maintenant. Certes, c'est le premier ministre qui va gagner ou perdre les élections législatives, c'est lui qui est exposé lors de ces scrutins. Et c'est le premier ministre qui crée un climat. En ce qui me concerne, les Français connaissaient déjà Jacques Chirac et moi, j'étais la nouveauté. C'est moi qui suis allé pratiquement dans toutes les circonscriptions de France pour aller porter notre projet. Le discours de politique générale que j'ai préparé, je l'ai présenté aux Français comme programme des législatives, puisque, dans cette forme institutionnelle qu'est le quinquennat, les élections législatives ont un enjeu : donner au président et au premier ministre les moyens de leur action.

C'est vrai que si le premier ministre était le patron de la majorité, s'il était le président du parti majoritaire, les choses seraient plus simples. Je pense d'ailleurs que l'on peut s'interroger sur la réponse que nous avons apportée à Nicolas Sarkozy, quand celui-ci m'a proposé d'être président de l'UMP et que lui soit le numéro 2. Sa proposition a été refusée par le chef de l'État. Elle a été refusée sous l'influence d'un certain nombre de proches du président qui souhaitaient que le parti majoritaire reste vraiment dans une très grande proximité avec le chef de l'État. Un certain nombre de gens me trouvaient trop loin de Jacques Chirac. Qui ? Dominique de Villepin, Jean-Louis

Debré, etc. Dans leur aveuglement, ils ont eu Nicolas Sarkozy. Bref, je ne suis vraiment pas sûr que leur stratégie ait été la bonne. La question que je peux me poser maintenant : *« Aurais-je dû ou pas faire un coup de force sur ce sujet ? »* Sans doute. Je pense qu'il faut bien réfléchir et que le premier ministre a tout intérêt à avoir avec lui le parti majoritaire.

Dominique de Villepin : La majorité attendait Nicolas Sarkozy. Compte tenu de Jacques Chirac, ce n'était pas possible. À plusieurs reprises, certains avaient plaidé et j'avais plaidé en faveur de cette nomination, convaincu que c'était un point de passage important et obligé. Et quelque part, c'était l'occasion pour Nicolas Sarkozy de montrer sa capacité à agir. Mais chaque fois, Jacques Chirac avait refusé. Donc, il restait à savoir comment cette majorité pouvait accepter une autre personnalité. Et très vite, une solution est apparue : une position de responsabilité pour Nicolas Sarkozy au sein du gouvernement et son retour au poste de ministre d'État, ministre de l'intérieur. En ce qui me concerne, je savais bien qu'il fallait trouver un accord avec la majorité, avec Nicolas Sarkozy, puisque c'était un gouvernement de mission, tout en sachant que ce serait difficile. Néanmoins, il fallait l'accepter pour que cela marche et pour que nous puissions pendant ces deux années mener la France à bon port.

François Fillon : Je pense que le premier ministre ne peut pas être le patron de la formation politique la plus puissante de la majorité, sans que s'installe rapidement un conflit entre le président de la République et lui.

Je pense qu'au fond c'est le président de la République qui est le chef de la majorité, au sens où c'est lui qui fédère la majorité présidentielle. C'est autour de lui et autour de son projet que la majorité présidentielle s'organise. Et en même temps, c'est le premier ministre qui en est le patron opérationnel parce que c'est lui qui va devant les groupes parlementaires de la majorité toutes les semaines et qui doit leur expliquer la politique gouvernementale, les convaincre, entendre leurs revendications.

Édouard Balladur : J'ai réuni le gouvernement dès le lendemain de sa nomination. Tout le monde avait l'air assez content d'être là..., enfin ceux qui étaient là. Et j'ai défini avec les ministres la règle du jeu. Cette règle du jeu était parfaitement claire. D'abord, c'était la solidarité complète. Il y avait une politique du gouvernement, c'était cette politique qu'il fallait mener et être totalement solidaires les uns et les autres. Deuxièmement, je leur ai demandé que personne ne prenne position sur la prochaine élection présidentielle. Parce que je voulais pouvoir gouverner en paix. Il y avait aussi une difficulté supplémentaire dans toutes celles que j'ai énumérées : la perspective de l'élection présidentielle. Et je ne voulais pas être à la tête d'un gouvernement déchiré entre les préférences des uns et les préférences des autres. L'expérience de 1986-1988 m'avait servi. J'avais vu les difficultés que représentait pour Chirac le fait qu'une partie de son gouvernement avait pris parti pour Raymond Barre relativement vite. Je leur ai donc dit que si le comportement des uns ou des autres me rendait la vie impossible, j'étais tout prêt à m'en aller immédiatement et que je le ferais.

Plus tard, ou plutôt très vite, les déjeuners de la majorité ne se sont pas passés, il faut le dire, de manière extrêmement agréable. D'abord, on trouvait que ces déjeuners étaient peu abondants. Moi je déteste les déjeuners trop longs, je souhaitais que ça aille un peu vite. Pour le reste, l'atmosphère était assez contrainte et personne ne donnait le sentiment de parler avec tellement de liberté. Il y a eu, par exemple, au mois de juillet 1993, une crise monétaire au sein du système monétaire européen. Depuis plusieurs semaines déjà, certains évoquaient la nécessité d'une autre politique que la mienne. On disait : « *Il faut dynamiser la politique budgétaire et la politique monétaire.* » C'est-à-dire qu'il fallait dévaluer et accroître le déficit. Mon avis était rigoureusement contraire. Moyennant quoi, on m'a fait le reproche de faire la politique de mon prédécesseur, ce qui était tout à fait faux, puisque je m'attachais, au contraire, à préserver la valeur du franc et à diminuer le déficit budgétaire. Et je pense toujours d'ailleurs, aujourd'hui encore, que c'est la seule façon d'assurer la croissance. Alors, cela a donné lieu à un affrontement au cours d'un déjeuner qui a eu lieu à la préfecture de Versailles, le 17 juillet 1993. Cela s'est su et a été dit dans la presse étrangère. Et la critique de la politique qui était la mienne – une politique de défense de la valeur de notre monnaie et une tentative de commencer à diminuer le déficit budgétaire – a été immédiatement connue dans la presse internationale et dans la presse anglo-saxonne. Et cela a certainement contribué à la crise monétaire grave que nous avons connue à la fin du mois de juillet et au début du mois d'août.

10

Les sables de l'administration

Une lenteur infinie, des chefs de bureau en cascade et le premier ministre voit sa belle mesure disparaître dans les oubliettes de la bureaucratie. Plonger dans les charmes de l'administration ? Une autre version de l'enfer…

Dominique de Villepin : Vous êtes premier ministre et vous allez en province. Là, on vous interpelle : « *Qu'avez-vous fait sur telle et telle question ?* » Vous revenez à Matignon et réclamez : « *Mais cela fait trois semaines que j'ai pris cette décision, et il ne se passe toujours rien sur le terrain ! J'ai demandé que l'on débloque les crédits pour les associations, comment se fait-il que cela ne soit pas exécuté ?* » Évidemment, on vous affirme que c'est fait. On proteste. « *On vient de me dire le contraire. Enquêtez !* » Et trois jours plus tard, on vient vous expliquer qu'effectivement, après vérification auprès du bureau concerné, il y a encore tel ou tel grain de sable à régler.

Déjà, lorsque j'étais secrétaire général de l'Élysée, j'avais pu mesurer à plusieurs reprises qu'une décision présidentielle très précise réclamée à un ministre ne s'appliquait pas au chef de bureau et se perdait tout simplement dans les sables. Car le chef de bureau peut toujours se dire qu'il sera là demain, ce qui n'est pas le cas du ministre ni même du chef de l'État. Et ce facteur temps pèse très lourd dans l'application de la décision.

Être premier ministre, c'est se trouver en permanence dans cette complexité qui fait que ce que vous décidez passe par beaucoup de tamis, qu'entre le haut et le fin fond de la décision, il y a beaucoup d'obstacles, beaucoup de contraintes. Et de ce point de vue-là, oui, c'est un poste immensément frustrant qui apporte fort peu de satisfactions. Sauf si vous décidez de ne rien faire. Je l'ai observé dans ma longue expérience de fonctionnaire : quand vous décidez de ne rien faire, que les sondages sont bons, que le temps est calme, alors oui, on doit pouvoir sans doute goûter une vie tranquille à Matignon.

Édith Cresson : Je m'étais aperçue depuis longtemps que les collaborateurs des ministres ne viennent que de l'administration. Non seulement cela crée une consanguinité, mais il y a une espèce de match entre fonctionnaires pour savoir quel ministère a remporté tel arbitrage. Sans souci de l'utilité réelle de la mesure. Lorsque j'étais ministre des affaires européennes, j'ai créé les groupes d'étude et de mobilisation, avec des gens qui venaient de toute la France, bénévolement, qui étaient d'opinions politiques assez diverses, qui me conseillaient et me donnaient la photographie de la situation sur le terrain. Cette photographie du terrain ne vous est jamais communiquée par l'administration dans sa totalité, c'est le moins qu'on puisse dire. L'administration voit les choses de son point de vue. Qui est un point de vue tout à fait respectable et très important. Mais la réalité de la situation n'est pas perçue. Un exemple ? Pourquoi la France, qui a beaucoup de côtes maritimes, n'a-t-elle pas des ports suffisamment performants comparés à ceux du reste de l'Europe ? L'administration ne m'a jamais répondu en expliquant qu'il y avait un problème de statut des dockers. C'était l'évidence et la réalité, et je l'ai réglé. Pourquoi y a-t-il un malaise chez les infirmières ? Elles étaient payées le même tarif, de jour et de nuit, ce qui est quand même aberrant. L'administration n'en disait pas un mot. Mais nous avons amélioré la situation. C'est ce qui faisait dire à mes détracteurs : *« Elle ne s'occupe que de détails. »* Car, pour ces beaux esprits, ce sont des détails. Mais la France, c'est ça. Eh bien ces problèmes, l'administration française, malgré tous ses talents, ne les perçoit jamais dans leur totalité parce qu'elle n'écoute pas suffisamment les gens qui ont une expérience de terrain.

Et puis, elle a des relais puissants au sein même du milieu politique qui lui permettent de conserver son cadre et ses habitudes. J'ai bien vu la levée de boucliers lorsque j'ai voulu faire déménager l'Ena à Strasbourg. Certains affirmaient qu'ils allaient être « déportés » ! Il a fallu que Catherine Trautmann, maire de Strasbourg, dise à la télévision que ce mot « déporté » était particulièrement mal venu en ce qui concernait sa ville… Mais je tenais à ce symbole fort pour donner en quelque sorte un signal au pays réel. Et d'ailleurs, aucune des mesures que j'ai prises en matière de délocalisation des administrations n'a été modifiée par mes successeurs, absolument aucune. Il a cependant fallu attendre quinze ans pour que la totalité de l'Ena soit délocalisée en Alsace. Quinze ans pendant lesquels l'école a conservé un immeuble à Paris. C'est seulement Jean-Pierre Raffarin qui est parvenu à mettre fin à ce double siège qui n'avait pas de raison d'être et était beaucoup trop coûteux.

Laurent Fabius : Si je devais aujourd'hui composer un gouvernement, je nommerais peu de ministres, mais à côté de ces ministres, beaucoup de secrétaires d'État, souvent des maires, des anciens parlementaires, etc., que je chargerais d'une mission précise avec obligation de résultat. M. ou Mme X serait ainsi responsable de tel ou tel programme. Pourquoi ? Parce que si on nomme une quinzaine de grands ministères, c'est très bien le jour où on l'annonce. La presse se félicite : *« C'est formidable, avant il y en avait trente-cinq, maintenant il y en a quinze ! »* Mais lorsque vous êtes ministre des affaires sociales, du travail, de l'emploi, vous pouvez dire, comme Charles Quint, le soleil ne se couche jamais sur mon empire. Quelle est votre capacité à vérifier les résultats ? Elle est nulle.

Alain Juppé : Les cabinets ministériels ont tendance à se substituer aux directions de l'administration. C'est un véritable mal français. Les ministres n'ont pas confiance en leurs directeurs et préfèrent faire refaire le travail par leurs collaborateurs. Il suffirait pourtant de changer un directeur, si on n'a pas confiance en lui. Cela mettrait beaucoup plus de légèreté et d'efficacité dans le fonctionnement de l'administration.

Alors, de temps en temps, il y a une phrase qui échappe. Parmi toutes celles que l'on me reproche, il y a bien sûr « *la mauvaise graisse* » employée à propos de l'administration. Le ministre de l'éducation socialiste, Claude Allègre, a dit la même chose quelque temps après en évoquant « *le mammouth* » de l'administration. Cela a déplu, mais je persévère ; il y a de la mauvaise graisse dans l'administration française et je n'ai pas de regret de l'avoir dit. J'ai lu sous la plume de Michel Camdessus, dans un très beau rapport, qu'il fallait « *agiliser* » l'administration française. Je l'ai dit d'une autre façon, moins élégante, moins subtile. Mais c'était la même chose.

Lionel Jospin : Que l'administration puisse être parfois un frein, c'est vrai. Mais si elle est bien dirigée avec une vraie impulsion, elle n'est en tout cas pas un obstacle. Car les serviteurs de l'État en France ont la conscience de leur devoir. Parfois, d'ailleurs, ils aimeraient recevoir des impulsions et c'est de ne pas en recevoir qui leur pèse.

Dominique de Villepin : Toutes les informations dont on peut disposer sont-elles suffisantes ? La réponse est à l'évidence non. J'ai toujours eu le même sentiment : les outils d'information de la République étaient dans le fond terriblement limités. On manque de claviers pour agir, on manque de fils, on manque de réseaux. Et c'est bien la difficulté du pouvoir. Il faut constituer des sources d'informations diverses qui, au-delà de la note hiérarchique très largement pasteurisée, très largement écornée et souvent sans imagination, vous permettent de proposer des choses nouvelles. J'ai été dans la position de tout premier ministre arrivant à Matignon et à qui l'on ressort des vieux tiroirs les vieilles propositions de Bercy. On m'a fait les propositions qui avaient été faites auparavant à Jean-Pierre Raffarin, à Lionel Jospin et qui, premier ministre après premier ministre, sont éternellement recyclées et dont je vois certaines réapparaître aujourd'hui. C'est malheureusement cela la routine du pouvoir.

Quand on veut un sang neuf, il faut s'adresser à d'autres. Car la grande difficulté, c'est bien l'imagination, c'est bien les marges de manœuvre, c'est bien de sortir des sentiers battus et c'est bien la capacité à rassembler des éléments épars pour pouvoir changer les choses. Ce n'est pas un hasard si

Nicolas Sarkozy, au lendemain de la présidentielle, s'est adressé à Jacques Attali afin de lui demander des propositions pour relancer la croissance. C'est dire à quel point, spontanément, l'État ne vient pas proposer ce qu'on attend de lui. C'est vrai, on est surpris, pour ne pas dire sidéré, de voir à quel point ce qui est proposé est faible.

François Fillon : Les institutions n'ont pas changé les fonctionnaires, les directions administratives. Bref, tout est resté comme avant… Le choc entre la nouvelle façon qu'a Nicolas Sarkozy de concevoir le fonctionnement de la présidence de la République et la réalité du travail quotidien des institutions a créé pendant plusieurs mois des tensions, des difficultés que nous avons mis du temps à surmonter.

Michel Rocard : L'élément dominant qu'il faut avoir en tête quand on arrive à ce niveau de responsabilité et, très précisément, aux fonctions de premier ministre, c'est que rien n'est instantané. Il faut un temps considérable pour la moindre mesure et la moindre réforme. Les cas de mesures rapides et qui, sur une volonté affirmée, modifient une situation d'une manière définitive sont rarissimes. Thématiquement, il y en a deux célèbres, mais ce sont presque les deux seules : l'une, c'est la suppression de la peine de mort. Il a suffi de la décider, de la faire voter et cela a été terminé. Les mesures d'application sont inexistantes : il faut recaser le bourreau et mettre la guillotine à la casse, c'est tout. L'autre, ce sont les variations du taux de la TVA. C'est d'une application à peu près instantanée. Tout le reste se discute à perte de vue, exige des accords multiples, et quand on a pris connaissance des mécanismes administratifs et juridiques de l'État et de la fonction publique, on est sidéré par leur lenteur.

Tout le monde aspire à la réforme de l'État. Mais j'ai le regret d'informer l'opinion que la réforme de l'État n'existe pas et que l'État irait probablement mieux si trois cent cinquante réformes ponctuelles et de détail réussissaient. C'est un labeur décisif, infernal, et il y en a pour une quinzaine ou une vingtaine d'années.

11

Secrets et mensonges

Laurent Fabius apprend par la presse qu'un navire de Greenpeace a sauté ; que son ministre de la défense, Charles Hernu, lui a menti ; que le président savait et le lui a caché. Édouard Balladur se fait rouler par son ministre de l'intérieur Charles Pasqua. Et Édith Cresson découvre l'arrivée d'un ancien terroriste que Mitterrand a autorisé à venir se faire soigner. Comment maîtriser les services secrets lorsqu'ils répondent d'abord aux ordres de l'Élysée ?

Laurent Fabius : Le premier ministre n'est pas omniscient. Mieux, il n'est pas forcément informé de tout, pas même de l'action des services secrets qui peuvent agir en en référant au président de la République et au ministre de la défense en dehors de Matignon. L'affaire Greenpeace en est un bon exemple.

Il y a deux phases dans cette affaire. La première phase : les services secrets, avec l'autorisation du ministère de la défense, décident de commettre un attentat – il n'y a pas d'autres termes – pour empêcher les écologistes de l'ONG Greenpeace de manifester notamment contre les essais nucléaires menés par la France à Mururoa. L'opération, absolument abracadabrante, consiste à saboter un bateau de Greenpeace, le *Rainbow Warrior*, amarré dans le port d'Auckland, en Nouvelle-Zélande. Et là, drame absolu. Pour saboter le bateau, les agents des services secrets ont posé des explosifs sous la coque et un malheureux photographe qui se trouvait sur le bateau perd la vie. C'est d'une imbécillité totale, mais qui n'est pas sans précédent. La même démarche imbécile avait été imaginée des années plus tôt, du temps je crois où Bernard Stasi était ministre de l'outre-mer et celui-ci s'était opposé à l'opération. Mais c'était une idée qui était dans les cartons du ministère. Cette fois, on craint une manifestation d'ampleur de la part des écologistes et on décide de les neutraliser, d'où cette opération de pieds-nickelés et le drame.

Je n'étais pas au courant. Absolument pas. Ce qui n'est pas normal, mais de fait, le premier ministre est tenu à l'écart. Le président de la République, lui, est-il au courant ? Le chef des services secrets de l'époque assure qu'il en a parlé à mots couverts à François Mitterrand, que celui-ci ne lui aurait répondu ni oui ni non, mais une phrase du style : *« Réglez le problème »*. Moi, je suis premier ministre et j'apprends que le *Rainbow Warrior* a sauté et qu'un photographe a perdu la vie par une dépêche de l'AFP. Je ne m'alarme pas particulièrement. Mais les journalistes, en particulier ceux du journal *Le Monde*, font leur travail et on voit bien qu'il y tout de même quelque chose de pas très catholique dans cette histoire. En tant que premier ministre, je vais réagir à la fois à bon escient et commettre une faute. Je vais vous expliquer pourquoi.

Je convoque à Matignon le ministre de la défense et deux ou trois autres ministres. Comme j'ai tout de même un peu de bon sens, je leur demande aussitôt : *« Écoutez, voilà ce que je lis dans les journaux, voilà les informations. Est-ce que nous y sommes pour quelque chose ?* » Mais je commets aussitôt une erreur en prévenant : « *Si nous y sommes pour quelque chose, il y aura des sanctions.* » C'est là que commence le mensonge du ministre de la défense de l'époque, Charles Hernu, vis-à-vis du premier ministre. Le ministre de la défense assure : « *Non, nous n'y sommes pour rien, absolument pour rien.* » Bon, c'est sa parole. Comment le premier ministre pourrait-il ne pas le croire ?

Seulement les journalistes continuent leur investigation. Je continue encore à avoir confiance dans le ministre de la défense, mais je lui propose : « *Écoute* (je le tutoyais, Hernu était une figure du mitterrandisme) *on me dit que la France a organisé l'attentat, tu m'assures du contraire. Il faut qu'il y ait une enquête.* » Et je vais voir François Mitterrand : « *Président, ce n'est pas possible, cette affaire-là, il faut en avoir le cœur net.* » Le président acquiesce et m'accorde ce que je réclame : proposer à Bernard Tricot, un conseiller d'État qui a été le secrétaire général de l'Élysée du temps de De Gaulle, un homme absolument remarquable, au-dessus de tout soupçon, de diligenter une enquête pour me dire la vérité. Tricot fait son enquête, remet un rapport dans lequel il explique avoir interrogé les uns et les autres et que les Français n'y sont pour rien. « *Sauf*, ajoute-t-il oralement devant moi, *s'ils m'ont menti…* » Et ils lui avaient menti. La presse poursuit ses révélations et je vois bien qu'il est impossible que les services aient agi sans l'accord au moins du ministre.

Je me souviens fort bien du jour où je m'en suis ouvert à Mitterrand : *« Écoutez, ça ne va pas, président. »* Mitterrand reconnaît : *« Mais oui, il faut régler cela. »* Il nous a fait venir dans son bureau à l'Élysée, un dimanche soir. Il était assis à son bureau, Hernu et moi étions de l'autre côté de la table. Et le président a lancé à Hernu : *« Alors, Charles, dites une bonne fois pour toutes au premier ministre, est-ce que nous y sommes pour quelque chose ou pas ? »* Hernu a redit solennellement : *« Monsieur le président, nous n'y sommes pour rien. »* Et Mitterrand a conclu devant moi : *« Vous voyez… »* Comment ne pas en tenir compte ? Comment refuser de croire le ministre de la défense et le président ?

Mais les révélations de la presse continuaient toujours. Et un jour, excédé, j'ai pris ma plus belle plume et j'ai écris à trois personnes : le chef d'état-major des armées, le général Lacaze, le chef des services, l'amiral Lacoste, et le chef d'état-major de Mitterrand, Saulnier. *« Mon général, amiral, etc., voulez-vous me certifier sur l'honneur et par retour du courrier que vous n'avez jamais, dans le passé, entendu parler de cette affaire et que vous n'y êtes pour rien. »* Ce n'est pas banal, comme courrier, tout de même… J'ai reçu une lettre de Lacaze : *« Je n'y suis pour rien. »* J'ai reçu une lettre de Saulnier : *« Je n'étais pas au courant. »* La lettre de l'amiral Lacoste, elle, était plus compliquée : *« Monsieur le premier ministre, je ne peux pas dire ceci, je ne peux pas révéler cela, etc. »* Là, j'ai foncé chez Mitterrand : *« C'est terminé, je veux la démission du ministre. »* Hernu a sauté, l'amiral aussi.

L'histoire n'est pas terminée. Car dès que le nouveau ministre de la défense a été nommé – Paul Quilès, en qui j'avais toute confiance –, le couvercle a sauté et Quilès a fait son enquête. Je me souviens avoir organisé un dîner, chez moi, place du Panthéon où le président lui-même est venu. Nous ne souhaitions pas que cela se passe dans les bâtiments officiels. Et là, Quilès a clairement affirmé : *« Oui, l'attentat a été fait par les Français. »* C'était tout de même ahurissant et effrayant. On m'avait donc menti. Un mensonge ! Mensonge des services secrets. Mensonge du ministre de la défense. Quant à François Mitterrand, je peux éventuellement croire qu'il n'était pas nécessairement au courant de l'attentat lui-même. Mais il me paraît impossible qu'il ait ignoré ensuite la responsabilité des Français. Je pense donc qu'à un moment il ne m'a pas dit la vérité, malgré les relations que nous avions. Malgré l'estime, l'affection et l'admiration que j'avais pour lui… Je revois toujours cette scène à trois dans son bureau avec Hernu. Il savait forcément, à ce moment-là. Mais Mitterrand était un homme qui avait vécu des chose extrêmement difficiles et c'était un roc. Il pensait que chacun doit subir ses épreuves, les affronter et qu'au fond il y a une espèce de lutte pour la vie. Il considérait probablement que cela aurait une sorte de valeur initiatique pour moi. Par ailleurs, il avait une certaine conception de l'État et de la France qui lui faisait placer la raison d'État au-dessus de la vérité.

Avec le recul, je vois bien que j'ai eu raison d'exiger la vérité, mais tort de ne pas immédiatement court-circuiter la défense. Au lieu de faire confiance à la hiérarchie, à Hernu, à Lacoste, j'aurais dû très rapidement convoquer les généraux et les amiraux pour leur demander en face à face : *« Est-ce nous, oui ou non ? »*

C'est assez éclairant sur la réalité des pouvoirs et leur répartition entre président de la République, premier ministre, ministre de la défense. Si l'affaire était arrivée en temps de cohabitation, le premier ministre aurait pu directement exiger la vérité. J'aurais assumé cette bêtise dramatique. Mais là, c'est un mensonge à l'intérieur de l'État. Et c'est d'abord cela l'affaire Greenpeace.

Raymond Barre : À mon arrivée à Matignon, j'ai pris comme directeur de cabinet Daniel Doustin qui était préfet de la région Aquitaine mais qui avait été le directeur de la DST au temps de l'OAS. J'étais donc assez décidé à être bien renseigné sur l'appareil d'État. C'est lui qui m'a dit très vite, un ou deux jours après son arrivée : *« Monsieur le premier ministre, il faut que nous nous occupions des services secrets car vous devez éviter de vous faire faire un enfant dans le dos. »* Oui, ce sont ses mots *« un enfant dans le dos »*. Et il a établi, à Matignon, une rencontre le lundi matin de tous les responsables des services de sécurité et des services secrets. De sorte que le premier ministre soit toujours bien informé de nos opérations. Dans la plus grande discrétion, bien entendu. Ainsi, lorsque le président de la République a décidé de lancer, en mai 1978, l'opération de Kolwezi, ce parachutage de nos soldats au Zaïre, il ne m'en a pas informé préalablement. Mais j'ai appris le matin même que l'opération était en cours, par les services secrets. Ce n'est que le soir que M. Giscard d'Estaing m'a annoncé Kolwezi. J'étais déjà au courant, mais je ne lui ai pas dit. Et lorsque Édith Cresson, des années plus tard, est devenue premier ministre, je lui ai donné le même conseil en reprenant la même expression : *« Contrôlez les services secrets afin que l'on ne vous fasse pas un enfant dans le dos ! »*

Édouard Balladur : Je suis pas sûr que le président de la République soit plus informé que le premier ministre. Cela peut arriver, bien entendu, mais ce n'est pas nécessairement une loi du genre. En revanche, il est évident que le ministre de l'intérieur sait beaucoup plus de choses que celles qu'il fait remonter jusqu'à Matignon ou jusqu'à l'Élysée. Normalement, il doit informer le premier ministre et le président de la République de toutes les choses importantes. Le fait-il chaque fois ? C'est impossible à contrôler.

Dans l'affaire Schuller-Maréchal, cela n'a pas été le cas en effet. Le ministre de l'intérieur, Charles Pasqua, pour dénigrer le juge Halphen, avait décidé une opération dont je n'étais absolument pas au courant. Et si j'avais su ce qui s'était passé, je n'aurais pas affirmé à la télévision, de très bonne foi, que les choses s'étaient déroulées de la façon la plus régulière.

Le ministre de l'intérieur, afin de protéger un de ses amis, Didier Schuller, avait imaginé d'utiliser le beau-père du juge Halphen, M. Maréchal, pour faire croire que celui-ci tentait d'acheter le juge. J'ai compris ensuite que Charles Pasqua avait pris l'initiative d'imaginer cette sorte de montage afin de présenter comme une tentative d'extorsion de fonds ce qui était en fait une manipulation politique, ce que j'ignorais totalement. Cette affaire m'a énormément nui lors de l'élection présidentielle.

Édith Cresson : Un jour a éclaté l'affaire Habbache. Cet ancien dirigeant palestinien à la retraite, partisan de la lutte armée, a débarqué par avion en France pour se faire soigner, après en avoir reçu l'autorisation par la Croix-Rouge. Georgina Dufoix était présidente de la Croix-Rouge, mais comme elle avait son bureau à l'Élysée, il y avait une ambiguïté et l'on a vite dit que c'était l'Élysée qui avait donné l'autorisation. En tout cas, moi, je n'étais pas au courant.

Je n'étais pas au courant de cette arrivée, mais j'ai dû gérer le problème. Les Israéliens réclamaient de pouvoir mettre la main sur lui, Georges Habbache ayant commis plusieurs attentats une vingtaine d'années auparavant. Mais on ne pouvait pas l'extrader ainsi. Le juge Bruguière l'a mis aux arrêts. Que faire ? À ce moment-là, le président était à l'autre bout du monde et, comme par hasard, je n'arrivais plus à trouver le moindre conseiller de l'Élysée qui puisse répondre sur l'affaire. Je me suis vite aperçue que le ministère des affaires étrangères était au courant, que l'Élysée était au courant puisque Georgina Dufoix avait donné son autorisation, bref, une bonne partie de l'État, sauf Matignon. Georges Habbache n'était pas dangereux, à ce moment-là. Il était malade et venait se faire soigner dans un hôpital parisien. Mais devant le tollé, j'ai réussi à régler le problème et à le faire extrader. J'ai réglé le problème toute seule et je dois dire sans aucune aide de qui que ce soit. C'est le type d'urgences auxquelles on se trouve confronté à Matignon. On essaie d'y faire face, encore faut-il qu'on ne soit pas trahi de l'intérieur. L'expérience prouve en tout cas que même si le premier ministre n'est pas responsable d'un scandale, c'est à lui qu'on demande des comptes. Et c'est donc à lui de le régler.

Jean-Pierre Raffarin : Les services secrets, j'ai surtout travaillé avec eux dans les deux affaires d'otages que j'ai eues à traiter, Christian Chesnot/Georges Malbrunot d'un côté et Florence Aubenas de l'autre. Je pensais jusque-là que les questions d'otages étaient surtout des questions de rançons. Et je me suis aperçu qu'il y avait des complexités terribles, parce qu'un certain nombre de gens essayaient de libérer les otages pour leur profit. Des pays étrangers qui voulaient nuire à la France, qui essayaient de ridiculiser nos services et qui essayaient de mettre la main sur les informations, essayaient de diffuser des cassettes, de bâtir des réseaux, pour faire en sorte que la France soit humiliée dans cette affaire et que les otages soient libérés par d'autres acteurs que les services français. La difficulté, dès lors, est donc d'identifier quels sont les vrais ravisseurs, alors que beaucoup de gens réclament des rançons. Il faut obtenir des preuves qu'ils détiennent vraiment l'otage et suivre alors des procédures extrêmement rigoureuses. Mais il faut aussi identifier tous ceux qui cherchent la libération avant vous et qui naturellement compliquent terriblement les choses. J'avais besoin d'informations très précises et je dois dire que j'ai trouvé les services de renseignements particulièrement efficaces.

La difficulté, ensuite, c'est de choisir une stratégie, une opération particulière. On m'a ainsi proposé d'envoyer, pour sauver Florence Aubenas, des personnalités d'origines professionnelles très diverses, que vous n'auriez pas jugées très recommandables, mais qui pouvaient infiltrer des milieux proches des ravisseurs. Je n'ai pas voulu cela. Je ne voulais pas, au fond, d'intermédiaire autre que l'intermédiaire officiel et nous avons choisi l'ambassadeur de France à Bagdad. J'ai d'ailleurs demandé à Michel Barnier d'aller sur toutes les télévisions de cette région du globe pour dire partout que ceux qui avaient des choses à dire sur nos otages devaient les dire à l'ambassadeur.

Je dois dire aussi que nous avons beaucoup travaillé avec les services secrets étrangers. Et même si nous avions un conflit politique avec les Américains sur le dossier irakien, les services français et les services américains travaillaient la main dans la main. Il y avait autour de mon directeur de cabinet, pratiquement tous les soirs à Matignon, une réunion avec le chef d'état-major particulier du président de la République, le directeur de cabinet du ministre des affaires étrangères, le directeur général de la DGSE. Tous les quatre centralisaient les informations, m'interpellaient quand ils avaient besoin d'avoir mon avis, décidaient des informations que l'on pouvait transmettre ou qu'on devait garder en attendant validation. Tout ceci a été fait avec un très, très grand professionnalisme. La vie de nos otages doit beaucoup à ce professionnalisme de nos services, qui servent, souvent dans des conditions très périlleuses pour leur vie, l'intérêt de notre pays, en l'occurrence l'intérêt de ressortissants français qu'on voulait sauver à tout prix.

Michel Rocard : Le personnage qui occupe Matignon est normalement le mieux informé de France. Tout le travail des services de police, tout le travail des écoutes téléphoniques arrive chez lui. C'est là que l'on décide de ce qui va aller jusqu'au président de la République. Est-ce que, plus généralement, on dit toujours la vérité au premier ministre ? Toute vérité arrive biaisée, déformée par les intérêts corporatistes, les biais d'une compétence partielle, d'un intérêt politique, voire d'un intérêt financier. La moindre des prudences, dans ces conditions, est de toujours chercher la contre-information. Si on vous disait toute la vérité, on aurait refait l'univers depuis longtemps.

12

La solitude du pouvoir

Décider dans des dossiers sensibles et gérer le temps, voilà le vrai défi de Matignon. Dominique de Villepin s'agace de la lenteur des autres, Alain Juppé s'émancipe de ses experts et Lionel Jospin affronte les insomnies. Laurent Fabius ? Il croyait avoir fait un passage aisé à Matignon. Des années plus tard, il affronte l'affaire du sang contaminé.

Dominique de Villepin : La vérité, c'est que le temps de l'administration n'est pas le temps de Matignon, et le temps des médias n'est pas non plus le temps de la politique. Matignon est dans l'urgence, dans le souci du résultat. Vous souhaitez répondre immédiatement à une crise, que les crédits soient débloqués rapidement, que les associations puissent les recevoir, comme vous l'avez décidé, dans les heures qui suivent. Vous avez souhaité que les modifications prévues dans les dispositifs scolaires, l'accompagnement des jeunes, tout cela puisse être mis en place rapidement. Tout cela demande du temps. Plus de temps qu'il n'en faudrait pour que l'action politique garde toute sa fraîcheur et toute sa crédibilité.

Le temps politique du gouvernement ne correspond pas non plus au temps social, au rythme de la vie syndicale. J'ai reçu, semaine après semaine, mois après mois, tous les leaders syndicaux. Même si je n'ai sans doute pas reçu assez et approfondi suffisamment la question du contrat première embauche (CPE), au fond, je connaissais déjà leur réponse. J'ai mesuré que le temps de leur action était au minimum celui de deux, trois années. Là où il fallait prendre une décision et six mois plus tard avoir les premiers résultats. Leur rythme n'était pas le mien. Leur rythme de préoccupation n'était pas le même. On travaille donc, de ce point de vue-là, très seul.

Les partenaires avec lesquels vous travaillez se situent dans un temps tout autre. Il n'y a pas de week-end à Matignon. Il n'y a pas de nuit à Matignon. Vous vous réveillez la nuit pour traiter des questions d'urgence. Tous ceux avec lesquels vous travaillez partent en vacances, en week-end, il faut attendre qu'ils reviennent. Ils ne sont pas libres à la date que vous avez souhaitée, ils partent en congrès étudier la situation de la santé en Papouasie-Nouvelle-Guinée. Du coup, ce que vous pensiez être un problème partagé apparaît à vos interlocuteurs comme votre seul problème.

De la même façon, le temps parlementaire est long. Il faut plusieurs semaines, souvent, pour examiner un texte, respecter toutes sortes de procédures, répondre à des questions, examiner des amendements qui, à bien des égards, paraissent stériles, mais intéressent bien évidemment leurs auteurs. Le temps du Conseil constitutionnel n'est pas le temps du gouvernement. J'aurais souhaité que le Conseil constitutionnel, et je l'avais demandé à son président, Pierre Mazeaud, puisse se déterminer beaucoup plus rapidement sur un certain nombre de textes comme le CPE. Mais il se réunit à date fixe, il faut respecter le temps de préparation. Donc nous sommes dans une bataille des temps où vous avez très vite le sentiment d'être isolé par l'urgence de vos préoccupations. Et c'est là où l'on vous dit : *« Mais mon vieux, pars en week-end, pars en vacances ! Tu verras, tu vivras les choses beaucoup plus calmement. »*

Jean-Pierre Raffarin : Il y a des réformes qu'on ne peut pas faire en moins d'un an. C'est vrai pour de grandes réformes structurelles et législatives. Et puis, il y a des réformes plus rapides. J'ai signé une circulaire un jour et cela m'a pris dix minutes : *« À partir de maintenant, les grèves dans la fonction publique ne sont pas payées. »* Et je vous assure que ces dix minutes-là ont eu beaucoup plus d'effet dans la fonction publique que bien d'autres réformes qui m'avaient pris beaucoup de temps.

Laurent Fabius : Quand un problème est évident à régler, il se règle au niveau de l'administration. Quand la solution est assez compliquée, 55 % dans un sens, 45 % dans un autre, le ministre tranche. Quand le problème c'est 51-49, là le premier ministre est saisi.

La première qualité d'un premier ministre, c'est donc d'abord d'avoir une bonne santé, une certaine dose d'humour et une colonne vertébrale intellectuelle qui lui permette de faire des arbitrages et de sans cesse réfléchir au lendemain.

Vous ne devez pas simplement prendre vingt-cinq décisions par jour, il faut aussi anticiper. J'avais donc un principe, que j'ai essayé de suivre : au moins une fois par semaine, en général le jeudi matin, je n'avais aucun rendez-vous sur mon agenda. Et j'allais me balader dans le parc ou ailleurs, la marche facilitant la réflexion. Et donc je réfléchissais ou je bouquinais, ou je recevais des gens qui n'avaient absolument rien à voir avec la politique. Le risque, sinon, c'est de vous enfermer dans votre palais officiel.

L'idée d'un premier ministre omniscient est rassurante, mais elle est fausse. Nous savons les choses avec quelques heures d'avance sur la presse, mais nous n'avons pas vraiment d'informations supplémentaires et il n'est pas toujours possible de prévoir les conséquences réelles d'une décision. Mais le vrai problème du premier ministre est la gestion de temps différents. Il y a une contradiction entre la nécessité d'engager vite des réformes et la nécessité, si on veut engager des réformes profondes, de lancer de vastes concertations. De la même façon, un premier ministre doit faire attention au décalage des horizons et des perspectives. Lorsque j'étais à Matignon, j'ai dû ainsi faire face au problème des otages du Liban. Chaque soir, la télévision égrenait ce terrible décompte : *« Les otages du Liban n'ont toujours pas été libérés. »* Que faire pour ne pas donner le sentiment que rien n'avance ? Pire, je pensais parfois : *« Que dirai-je si on m'annonce la mort d'un otage pendant un meeting ? »*

Enfin, la responsabilité du premier ministre a des effets a posteriori. Ainsi, j'ai eu un passage relativement aisé à Matignon, sans impopularité grave et sans crise sociale. Mais j'ai vécu l'épreuve, des années plus tard, avec l'affaire du sang contaminé.

C'est une affaire extrêmement particulière puisque les décisions prises ont été bonnes, au moment où elles ont été prises. Et puis, cinq ans, dix ans plus tard, cela aboutit à une mise en cause extrêmement dure, extrêmement pénible.

À l'époque où j'étais premier ministre, le sida était très, très peu connu. Et la question qui m'a été soumise était très particulière : est-ce qu'en cas de transfusion, il faut faire un test de dépistage ? Et je décide, contrairement à ce que me disent beaucoup de conseillers, de faire faire ce test, qui avait un coût. Cela a épargné sans doute de très nombreuses vies. Et puis des années plus tard, le sida s'étant développé, la polémique s'en étant mêlée, il a fallu attendre dix ans pour que finalement la lumière se fasse et que la juridiction compétente dise : « *Le premier ministre de l'époque a pris des décisions rapides qui ont sauvé des vies.* »

La leçon la plus profonde que j'en tire, c'est que doivent exister dans la société et dans l'État des capteurs, j'emploierai ce terme, qui permettent à l'autorité politique de prendre des bonnes décisions même si ce ne sont pas les décisions qui sont recommandées par la communauté scientifique. Ainsi, à l'époque, le sida étant méconnu, ceux qui détenaient en fait la vérité n'ont pas été entendus.

Or il faut qu'il existe dans la société et dans le fonctionnement de l'État des capteurs qui permettent qu'un jeune chercheur, qui dit le contraire d'un grand ponte mais dont on verra cinq ans plus tard qu'il avait raison, puisse être entendu. Je ne suis pas sûr que cela existe encore aujourd'hui.

Alain Juppé : Bien sûr qu'on est seul devant la décision, mais c'est le lot commun de tous ceux qui décident. Lorsque cela marche, tout le monde s'attribue le succès. Si cela ne marche pas, vous êtes le seul à en porter la responsabilité, c'est la règle du jeu.

Souvent, je sentais le poids de cette responsabilité : on n'est pas infaillible, on se dit qu'on peut se tromper, on peut prendre des décisions qui ont des conséquences humaines lourdes. Quand on décide d'un niveau d'impôt, de salaire, de smic, ce n'est pas une décision économique, c'est une décision humaine qui concerne des millions de gens. S'imaginer que les hommes politiques laissent tout ça de côté parce qu'ils réagissent comme des machines insensibles et froides, c'est un de ces stéréotypes qui ont la vie dure, mais ne correspondent en aucune manière à la réalité.

Un jour, un conseiller général du fin fond d'une vallée des Pyrénées vient me voir en me disant : « *Monsieur le premier ministre, j'ai besoin de vous !* » Il était arrivé dans mon bureau par l'intermédiaire d'un député qui m'avait demandé de le recevoir.

« Voilà, j'habite dans cette vallée » et il pose sur la table des photos d'une vallée des Pyrénées. *« Dans cette vallée, on va construire une ligne à haute tension, qui va la défigurer à jamais. Interdisez cela. »* Qu'est-ce que je fais dans ce cas-là ? Je consulte mon ministre de l'industrie et mon ministre de l'environnement. Le ministre de l'environnement s'insurge : *« Ce projet est scandaleux, il faut arrêter ça. »* Le ministre de l'industrie affirme le contraire : *« Si tu fais ça, c'est une catastrophe ! Les Espagnols ont construit la ligne de l'autre côté, on en a absolument besoin pour assurer la sécurité de l'approvisionnement électrique de la France ! »* Que faire ?

Pour une fois, je suis allé sur le terrain avec ma ministre de l'environnement, Corinne Lepage. Nous avons survolé la vallée en hélicoptère, rencontré les gens, et lorsque je suis rentré à Matignon, j'ai décidé : *« On ne fera pas la ligne. »* Cataclysme au ministère de l'industrie et à EDF : *« Décision irresponsable ! etc. »* Pour une fois j'ai tenu bon ; après tout, je le sentais comme ça. La ligne électrique ne s'est pas faite, on n'a pas déclaré la guerre à l'Espagne, l'alimentation électrique du sud de la France a continué à être assurée. Et j'ai été fait citoyen d'honneur de la vallée du Louron…

Il faut aussi parfois s'affranchir des techniciens. Combien de fois me suis-je aperçu que sur tel ou tel dossier, ils vous assènent : *« Ce n'est pas possible ! »* Très souvent, vous vous pliez à leur avis, n'étant pas technicien vous-même. Et puis, de temps en temps, vous décidez : *« Si, il faut que ce soit possible. »* Et j'ai constaté que dans 99 % des cas, quinze jours après, c'était devenu possible…

Lionel Jospin : Je ne sais pas si on me disait toujours la vérité mais j'avais une certaine capacité à le deviner. Tout le monde est enfermé. L'ouvrier est enfermé dans son atelier, l'enseignant est enfermé dans sa classe. Le premier ministre peut être enfermé à Matignon. Mais à Matignon viennent battre tous les problèmes non seulement du pays mais de la Terre. Et cette confrontation à la réalité constante, d'une certaine façon, empêche l'enfermement.

Seulement, il faut avoir des interlocuteurs véridiques. Il ne faut pas avoir que des interlocuteurs officiels. Il faut garder la dimension de sa vie privée. Il faut rester en contact avec la réalité électorale qui vous a donné au fond votre légitimité.

Beaucoup des dossiers qui arrivent sur votre bureau ont des solutions à 50-50 dont les conséquences sont très importantes, notamment dans le domaine sanitaire. Faut-il ou non maintenir la vaccination obligatoire contre l'hépatite B si elle entraîne parfois un certain nombre de scléroses en plaques ? Deux rationalités s'opposent et aucune des deux ne va disparaître selon la décision que vous prenez.

Parfois, il y a aussi de vrais risques de tragédies massives. Nous avions ainsi été informés qu'un certain nombre d'explosifs, d'obus, datant de la Première Guerre mondiale étaient stockés à Vimy dans des conditions incroyablement peu sûres et instables. Or, il y avait là, mêlés, des explosifs classiques et des explosifs chimiques. Si bien que si les tas s'effondraient, une explosion en chaîne se produisait et il pouvait y avoir non seulement le choc de l'explosion tuant ceux qui travaillaient là, mais des gaz, moutarde notamment, extraordinairement dangereux, pouvaient se répandre dans toute la région. Le ministre de la santé, Bernard Kouchner, me demandait d'évacuer une zone comptant deux cent mille personnes dans la région Nord-Pas-de-Calais. C'était énorme et cela promettait de provoquer des troubles et des difficultés considérables. L'autre solution était d'agir sans évacuer personne mais au prix d'un gros risque. Finalement, nous avons évacué et relogé ailleurs douze mille personnes environ. Et pendant plusieurs jours c'est-à-dire tant que le site n'a pas été sécurisé – vraiment je peux dire c'est la seule fois peut-être pendant mes cinq ans à Matignon –, je ne dormais pas la nuit. Je me disais, si tout d'un coup on m'appelle en me disant : ça a sauté. Je n'étais pas certain d'avoir pris la bonne décision. Je vous prie de croire que lorsque je suis allé retrouver les démineurs sur le site de Vimy, en pleine nuit, avec Daniel Vaillant, mon ministre de l'intérieur, sans caméras, simplement pour dîner avec eux, les féliciter de ce qui avait été fait, et dire notre soulagement, ça a été un de mes moments de bonheur…

13

Une réforme sur vingt ans

La réforme des retraites est LA *réforme emblématique des vingt dernières années. Pensée sous Michel Rocard, débutée par Édouard Balladur, manquée par Alain Juppé, repensée par Lionel Jospin, elle sera finalement accomplie par Jean-Pierre Raffarin et François Fillon.*

Édouard Balladur : J'ai indiscutablement bénéficié de ce qu'avaient réalisé mes prédécesseurs. Michel Rocard, notamment, avait fait établir un livre blanc sur les retraites qui a commencé à faire prendre conscience à l'opinion des problèmes. Il ne les avait pas réglés pour autant. Lorsque je suis arrivé à Matignon, j'ai donc aussitôt entamé des conversations avec les dirigeants syndicaux que j'ai reçus les uns après les autres. Et je leur ai annoncé que j'entendais régler la question rapidement.

J'ai en effet très vite décidé, dès la fin du mois de juin, alors que j'étais arrivé à Matignon en mars, l'allongement de la durée de cotisation pour les salariés du secteur privé. Nous avons pris un décret d'application dans le courant du mois d'août, ce qui m'a été beaucoup reproché : on ne fait pas des choses pareilles au mois d'août, me disait-on. Pourquoi n'avoir réformé que les retraites du privé ? Parce que je m'étais aperçu que, lorsqu'on veut tout faire à la fois, on ne réussit pas. L'année suivante, j'ai fait la réforme de deux caisses publiques de retraite : la Sécurité sociale et les assurances. J'aurais continué progressivement si le destin m'en avait offert la possibilité.

Le reproche que l'on peut me faire, c'est de ne pas m'être assez concerté avec les syndicats. Je le reconnais volontiers. Mais tout le monde était tellement convaincu de l'urgence du problème. N'oubliez pas que, lorsque je suis arrivé, il y avait 100 milliards de francs de déficit des régimes sociaux. Nous étions en bout de course, il fallait faire quelque chose. Nous l'avons fait pour le secteur privé et ensuite il fallait le faire pour le secteur public. On a essayé, ça n'a pas marché et puis on a essayé quelques années après, et cela a enfin marché. Voilà.

Alain Juppé : L'erreur que, rétrospectivement, je comprends avoir commise, à l'automne 1995, c'est d'avoir déclenché trop de réformes en même temps. Certains partenaires m'avaient prévenu d'ailleurs. André Bergeron, qui avait quitté la direction de FO, mais était resté très présent et très actif et avec qui j'avais des relations de confiance, m'avait téléphoné plusieurs fois en me disant : *« Faites l'assurance maladie, mais n'y ajoutez pas les retraites. »* Nicole Notat, à la tête de la CFDT, m'avait envoyé le même message. Pas l'Élysée. Et donc, de ce côté-là, j'avais le champ libre.

Je pensais sincèrement que ces réformes étaient nécessaires. Trop de réformes avaient tardé et il y avait urgence. Sur l'assurance maladie, ainsi, je n'avais pas tellement le choix. Comment résorbe-t-on un déficit de 200 milliards de francs ? Il fallait bien la sauver… Bien sûr, on aurait pu colmater, faire un petit « plan sécu » comme on en fait très régulièrement. Mais j'ai voulu faire une réforme d'ensemble. Elle a été longuement préparée, en trois ou quatre mois, longuement discutée aussi. Et cette réforme a été faite. Les ordonnances ont été prises au printemps 1996 et ses effets durent encore. En tant que maire, je suis président du conseil d'administration du centre hospitalier universitaire de Bordeaux et il m'arrive d'entendre des partenaires autour de la table dire : *« Ça, c'est la réforme Juppé ! »*

Et puis, on parlait depuis des années et des années, depuis Michel Rocard notamment, de la réforme des retraites. Donc, j'ai pensé aussi qu'il était temps de s'y attaquer. Il faut bien voir comment les choses se sont passées. Ma première erreur est d'avoir trop cru les enquêtes d'opinion. Un jour, on m'apporte un sondage où l'on interrogeait les Français sur la question suivante : *« Est-ce que vous pensez qu'il est normal que les salariés du secteur privé cotisent quarante ans pendant que le secteur public cotise trente-sept ans et demi ? »* Réponse : *« Non »* à 75 %. Je me suis dit : *« Voilà, j'y vais. »* Je n'avais pas bien compris que derrière ce « non », il y avait le désir de ramener tout le monde non pas à quarante, mais à trente-sept ans et demi…

Sur l'assurance maladie, j'avais élaboré une réforme précise, détaillée, ambitieuse, globale que j'avais expliquée au Parlement avant de la mettre en œuvre. Pour les retraites, j'ai seulement avancé : *« Il faudrait peut-être penser à la réforme des régimes spéciaux de retraite. »* Et j'ai confié à une personnalité le soin de commencer à y penser et de réunir éventuellement les partenaires sociaux. J'ai engagé en même temps une troisième réforme, le contrat de plan avec la SNCF qui avait des difficultés à la fois financières et sociales. Et cela a été la coagulation, si je puis dire, de ces trois réformes, qui a fait exploser le baromètre.

La conjonction des discussions à la SNCF, qui étaient un peu difficiles, et l'annonce de cette réforme des régimes spéciaux, ont provoqué un blocage immédiat et une grève. On se souvient des grèves de décembre, qui n'étaient pas des grèves des assurés sociaux. C'étaient des grèves des transports. Transports publics, relayés ensuite par les transporteurs privés, ce qui a été très spécifique à la situation sociale du pays à cette époque-là. L'ensemble de la population qui n'était pas concerné par les réformes en cours, qui n'était pas gréviste d'ailleurs, a manifesté sa solidarité avec ceux qui l'étaient. J'ai cherché une transaction : j'ai nommé Jean Mattéoli comme médiateur pour essayer de sortir du blocage, et surtout, j'ai passé des heures et des heures de discussions avec les syndicats qui se sont achevées peu avant Noël, en décembre 1995. Ma femme se souvient toujours de la scène. Nous habitions à Matignon et du haut de la fenêtre de l'appartement, elle voyait la salle de réunion où j'étais à minuit le 23 décembre avec Marc Blondel, Nicole Notat, Louis Viannet et quelques autres et elle se demandait : *« Est-ce que ça va aboutir, est-ce qu'on va pouvoir passer Noël ensemble ? »*

Pour l'assurance maladie, le processus était tout à fait différent. La réforme avait été ovationnée par le Parlement. L'opposition politique n'avait pas grand-chose à y redire. J'étais soutenu par plusieurs forces sociales, un grand syndicat de salariés, la CFDT, un grand syndicat de médecins, MG France, et la mutualité française. Là où les choses se sont bloquées, c'est parce que, par excès de zèle, j'ai voulu faire en sorte que cette réforme donne des résultats tout de suite. L'esprit de la réforme, c'était de dire : « Il faut responsabiliser les prescripteurs. » Et donc, on va se mettre d'accord avec les médecins pour fixer des critères sur ce qu'on va appeler « le bon soin ». Quels sont les actes médicaux qui sont utiles et quels sont ceux qui ne sont pas utiles ? Les utiles, il faut les payer. Ceux qui sont inutiles, il faut peut-être les économiser. C'est comme ça qu'on rétablira la situation. Et on peut le faire par une appréciation des bonnes pratiques médicales. C'était cela l'objectif. Et il y avait une adhésion d'à peu près tout le monde sur ce schéma-là, y compris des grands syndicats médicaux. Mais cela demandait du temps. Avant de définir cette procédure de maîtrise médicale des dépenses, il fallait un an, deux ans, et moi je ne pouvais pas attendre parce que je voyais que les déficits s'accumulaient. Et donc, j'ai eu un réflexe plus autoritaire. J'ai affirmé : « *Si vous ne respectez pas le plafond de progression des dépenses qui a été fixé par la loi de financement de la Sécurité sociale (autre innovation que j'avais apportée dans ma réforme), vous aurez une pénalité.* » Et là, j'ai bien vu que c'était la pilule de trop, qui ne serait pas avalée par les médecins. J'ai essayé de leur faire comprendre que c'était une mesure transitoire, que tous ceux qui se comportaient bien ne seraient pas concernés. La mesure a d'ailleurs été efficace, je l'ai appliquée et cela a été une des rares années où les dépenses de santé ont progressé de 2 à 3 %, beaucoup moins que la tendance habituelle. Mais cela m'a flingué politiquement parce que les médecins ne l'ont jamais acceptée. Ils ont considéré que c'était à la fois une mesure vexatoire et comptable. Et ils se sont vengés l'année d'après, en 1997, puisque, dans les cabinets médicaux, au moment des élections législatives anticipées à cause de la dissolution, on trouvait la photo des parlementaires qui avaient voté la réforme Juppé avec un appel à les faire battre.

J'ai fait preuve d'une impatience excessive. J'aurais attendu un ou deux ans, au risque de voir effectivement les déficits se creuser, sans doute la réforme aurait-elle été mieux comprise et mieux acceptée.

Lionel Jospin : J'avais déjà dit que j'étais contre la théorie des cent jours qui veut que si le nouveau pouvoir ne fait pas les réformes dans les trois mois, elles ne sont jamais faites. Je ne voulais pas jeter du bois dans le feu et voir ensuite les cendres rougeoyer, mais au contraire essayer de conduire un mouvement de réforme pendant toute la durée de la législature. Dans les dernières années, nous avons d'ailleurs fait des réformes importantes comme la couverture maladie universelle ou l'allocation prestation autonomie pour les personnes âgées. Donc, je voulais conduire cette politique sur la durée, progressivement. J'ai envie de dire que j'ai avancé comme un marcheur lesté.

Réformer est difficile. Le pays appelle la réforme et renâcle devant elle. Je crois que pour réussir une réforme, il faut d'abord que celle-ci soit juste, c'est-à-dire qu'elle ne soit pas le masque d'une régression sociale ou économique, sinon les Français, évidemment, la refusent. Ensuite, il faut l'expliquer et puis enfin, une fois qu'elle est prise, en accepter les conséquences.

Jean-Pierre Raffarin : Pour moi la réforme des retraites est vraiment un exemple de réforme possible en France. Et à tous ceux qui posent la question : *« La France est-elle réformable ? »*, je réponds : *« Oui, regardez bien la méthode de la réforme des retraites. »* Sur les retraites, je dois le dire, il y avait un diagnostic partagé grâce à mon prédécesseur Lionel Jospin, qui avait créé le comité d'orientation des retraites, le COR. C'est dans cette instance que s'est bâtie entre les partenaires sociaux une vision permettant d'identifier les pistes de réforme. Et quand la démarche a été entamée par le prédécesseur, on est encore plus indépendant et c'est encore plus utile.

Ensuite, j'ai initié une discussion avec des partenaires et très tôt une perspective s'est établie avec François Chérèque et la CFDT. Enfin, un point très important de la réforme était acquis : la clause de revoyure parce qu'on ne fait plus, maintenant, des réformes pour trente ou quarante ans. Le monde va tellement vite qu'il faut faire des réformes pour dix ou quinze ans, et donc que la réforme prépare sa propre réforme.

Dès le mois de juillet 2002, j'ai décidé que la réforme des retraites serait pour moi l'axe principal de mon action économique et sociale. C'était donc la priorité des priorités. En observant les attentes des partenaires sociaux, j'avais identifié la possibilité d'un accord avec François Chérèque. Je lui avais d'ailleurs posé la question très clairement : *« Voulez-vous vraiment qu'on avance sur les retraites ? »* Et avec sincérité, conviction, il m'avait répondu oui : les positions qui avaient été défendues dans le comité d'orientation des retraites par la CFDT, il les défendrait jusqu'au bout. Il avait cependant posé deux préalables : *« Il faut que vous puissiez accepter l'accord que nous venons de passer avec les partenaires sociaux sur les intermittents du spectacle,* demandait-il. *Vous avez dit dans votre campagne électorale que les socialistes n'avaient pas joué la carte du dialogue social. Nous venons de passer un accord entre partenaires sociaux, y compris avec le patronat, sur les intermittents du spectacle. Si vous ne ratifiez pas cet accord, vous ne serez pas crédible et je ne pourrai pas vous suivre après.* » J'ai donc accepté l'accord sur les intermittents du spectacle. Je savais pourtant que ni le Medef ni la CFDT ne sont très représentatifs chez les intermittents du spectacle, et cela m'a d'ailleurs causé un certain nombre de soucis. Deuxième demande de la CFDT, sous forme de question : « *Quand faites-vous votre assouplissement des 35 heures ?* » interroge-t-il, avant de préciser : « *La CFDT est opposée à l'assouplissement des 35 heures. Donc, si vous faites les 35 heures avant les retraites, je ne serai pas avec vous. Si vous faites les retraites avant les 35 heures, je pourrai être avec vous sur les retraites et je ne serai pas avec vous sur les 35 heures.* » Très vite, il négocie en disant : « *Je ne pourrai pas être un partenaire sur votre politique du temps de travail. En revanche, je peux être un partenaire crédible sur la réforme des retraites.* »

Donc, dès le mois de juillet, je perçois l'accord. Je sais que la réforme sera longue. Je veux absolument passer par le conseil économique et social, non seulement parce que c'est la règle, mais aussi parce que j'ai confiance dans cette assemblée où siègent les partenaires sociaux. Il faudra donc procéder par étapes et je sais que j'en ai pour un an. Je sais d'autre part que ce sera difficile avec l'opinion publique et qu'il vaut donc mieux faire cela au début de l'été. Le premier ministre canadien, Jean Chrétien, à qui j'avais demandé comment il avait fait pour réduire son déficit budgétaire aussi rapidement, m'avait confié : *« Oh ! chez nous, les réformes, il suffit de les faire en janvier, par moins 40°, il n'y a personne dans la rue... »* Bien sûr, on m'a ensuite reproché de faire les réformes en juillet-août quand les gens sont en vacances. Mais je savais que pour les retraites, la décision finale au Parlement pourrait avoir lieu en juillet, voire au mois d'août...

Je suis donc en juillet, j'ai un an et il faut que j'engage la discussion sociale. Mais je ne veux pas l'engager trop tôt de manière à pas avoir de tensions trop longues parce que je sais que la bataille dans l'opinion publique sera dure. Et je décide de déclencher, dès le mois de juillet 2002, cette bataille éventuellement après le 1er mai 2003. Il faut donc que je tienne de juillet à mai sans avoir formulé l'ensemble de la réforme de manière à ne pas avoir un affrontement trop long.

Nous avons tenu plus de cent vingt réunions, avec des personnalités qui se sont beaucoup impliquées. On parle de François Fillon, ministre des affaires sociales à l'époque, certes, il s'est beaucoup impliqué. Je voudrais aussi citer Jean-Paul Delevoye, mon ministre de la fonction publique, qui avait la mission particulièrement difficile de convaincre les fonctionnaires. Et c'était lui qui était au contact de ceux qui allaient faire l'effort le plus important puisqu'on allait allonger leur durée de cotisation. Et puis il y avait mes ministres de l'économie et du budget, Francis Mer et Alain Lambert, qui ont été particulièrement actifs sur les prévisions économiques, les équations de cette réforme. Et un grand nombre d'autres acteurs, notamment Jean-François Cirelli, au sein de mon cabinet, qui pilotait le groupe technique sur ce sujet.

Nous sentons le contour des réformes au mois d'avril 2003. Entre-temps, j'ai parlé avec le président de la République Jacques Chirac. J'ai d'ailleurs, dans le groupe de travail que nous avons constitué, fait en sorte qu'un membre du cabinet du président de la République soit présent et une réunion de finalisation a lieu chez François Fillon. Et là, nous avons connu une difficulté. François Fillon sent à un moment que la conclusion est possible et qu'il peut emmener, au-delà de la CFDT, plusieurs partenaires dans un accord. Et donc, voulant obtenir davantage, il va lâcher la dernière cartouche que j'avais gardée pour François Chérèque, pour la phase finale, parce que je savais que les partenaires sociaux, quand ils ont tout obtenu du ministre des affaires sociales, demandent un plus qu'ils viennent chercher à Matignon. Mais François a lâché le plus : les retraites pour ceux qui ont commencé à travailler à 14, 15 et 16 ans. J'ai alors vu le moment où la négociation pouvait se conclure ou échouer. François Chérèque et Bernard Thibault discutaient entre eux et visiblement, ils hésitaient à aller à la rupture. François Chérèque a demandé de suspendre la réunion et est allé le lendemain matin sur Europe 1, devant Jean-Pierre Elkabbach, expliquer que le dossier n'avançait pas, que cela n'allait pas du tout. Je l'ai appelé à Europe 1 : *« Je suis disponible toute la matinée pour passer avec vous l'accord final. »* J'avais mille choses mais je me suis libéré de tout. Il est venu me voir en passant par l'arrière du jardin de Matignon, afin que cela ne se voie pas. Et c'est là que nous avons finalisé l'accord sur les carrières longues et qu'il a obtenu quelques avantages supplémentaires, notamment pour les infirmières. Chérèque vient de la fonction hospitalière, et il méritait vraiment de gagner ce combat qu'il avait mené. Nous avons conclu en fin de matinée.

Nous étions donc prêts à annoncer une réforme et je l'ai fait dès le 1er mai passé. Là, l'agitation a commencé progressivement : l'allongement de la durée de cotisation pour les fonctionnaires était dure à supporter, mais c'était une nécessité si on voulait garantir les retraites. Le débat parlementaire s'engage et on sent monter dans le pays la protestation, notamment des syndicats qui ne sont pas partie prenante de cette alliance. Moi, j'étais déterminé à tenir. Au Parlement, globalement, la majorité était décidée à aller au bout. Des jeunes parlementaires – je pense notamment à Xavier Bertrand –, ont fait la tournée de tous les départements de France pour expliquer le contenu de la réforme et nous avons décidé d'affronter le mécontentement populaire et d'aller, durant la discussion de la session extraordinaire, pendant l'été, le plus loin possible. J'ai expliqué que je n'étais pas pressé, que s'il fallait passer le mois d'août à Paris, nous passerions le mois d'août à Paris, et septembre aussi. Et progressivement, les socialistes, qui avaient déposé beaucoup d'amendements, se sont épuisés, et la réforme sur les retraites a été adoptée.

Si nous n'avions pas mené cette action avec autant de temps, autant de dialogues, nous n'aurions pas réussi. Mais il faut bien mesurer que tout ceci exige des alliances sûres et des partenaires fiables.

François Fillon : Lorsque je suis arrivé à Matignon, j'étais absolument convaincu que la réforme des régimes spéciaux ne poserait pas vraiment de problème. Pourquoi ? D'abord parce qu'en réalisant en 2003 la réforme globale des retraites pour toute la fonction publique, nous avions isolé les régimes spéciaux. Et ces régimes spéciaux ne pouvaient dès lors plus servir de prétexte à l'ensemble de la fonction publique pour se mobiliser contre la réforme. En 1995, c'est ce qui s'était passé : les régimes spéciaux avaient été une sorte de rempart pour l'ensemble de la fonction publique contre l'harmonisation des régimes de retraite. La réforme de 2003 étant passée, avec l'accord de plusieurs organisations syndicales dont la CFDT, il était difficile, au fond, de continuer à mener un combat qui paraissait injuste à l'opinion publique. Deuxièmement, nous avions été très clairs, dans la campagne présidentielle de Nicolas Sarkozy, sur la réforme des régimes spéciaux et j'en avais été à l'origine puisque c'est moi le premier qui avais dit, à un moment où cela semblait risqué, qu'il faudrait les réformer. Je voulais que ce soit acté, que ce soit un élément de choix pour les Français au moment de se prononcer entre les différents candidats à l'élection présidentielle. Bref, j'avais vraiment le sentiment que l'opinion publique était mûre et que les organisations syndicales qui, par construction ou par habitude, manifestaient leur désaccord, en réalité, au fond d'elles-mêmes, n'étaient pas décidées à aller très loin dans la résistance à cette réforme. Elles savaient qu'elles seraient alors impopulaires, que c'était, d'une certaine façon, marquer un but contre son camp puisque l'objectif des organisations syndicales est d'améliorer la situation de l'ensemble des Français vis-à-vis de la retraite et pas seulement de défendre quelques privilèges.

Je crois d'ailleurs, d'une façon plus générale, que si les Français sont aussi ignorants des réalités de l'économie, c'est de la faute des responsables politiques. Nous ne faisons pas notre travail d'éducation, de sensibilisation, nous ne disons pas la vérité, justement. Dès qu'il y a une difficulté sociale, une entreprise qui ferme, au lieu de faire de la pédagogie, d'expliquer aux Français ce qui se passe, la plupart des hommes politiques se précipitent pour massacrer les responsables de l'entreprise qu'ils avaient d'ailleurs encensés quelque temps auparavant lorsqu'elle s'était installée. Nous avons donc fait cette réforme des régimes spéciaux. Et elle s'est inscrite dans la suite de tout ce que mes prédécesseurs avaient fait pour les retraites. Comme l'issue logique d'un effort partagé sur vingt ans.

14

Stress

Des journées harassantes, un rythme infernal, une tension permanente. Tous ont connu la dureté de la vie à Matignon. « Le premier ministre dure et endure », affirmait le général de Gaulle. Récits détaillés d'une souffrance quotidienne dont ils n'ont rien oublié.

Jean-Pierre Raffarin : La journée commençait pour moi par un café dans la cuisine de Matignon, avec mon épouse, les unes des journaux et les éditoriaux des radios. En général, les nouvelles ne sont pas très bonnes. Et en général, l'action du premier ministre est plutôt contestée. Donc vous commencez la journée par des sentiments assez mitigés sur le climat ambiant.

Les premières rencontres avec le secrétariat, l'équipe rapprochée commencent dès que l'on entre dans son bureau vers 7 heures et demie, 8 heures, et là, en général, vous avez une journée qui s'annonce très, très chargée. Normalement, le planning est prévu de demi-heure en demi-heure.

Vous avez de temps en temps des bonnes nouvelles. Vous avez de bonnes statistiques, le nombre de créations d'entreprises qui progresse, un projet industriel, etc. Mais une satisfaction ne dure jamais plus de deux heures. Parce qu'une mauvaise nouvelle arrivera toujours. À un moment ou à un autre, un accident, un problème, une difficulté, un mécontentement, quelque chose qui vient ternir votre satisfaction. Alors il faut beaucoup de désintéressement, beaucoup de travail sur soi-même pour ne pas s'impliquer trop personnellement, pour ne pas être trop égocentré. Plus les gens ont de l'ambition personnelle, plus ils sont malheureux à Matignon. Plus on est serviteur de l'intérêt général, plus on est au service de la fonction et mieux on se protège.

J'arrivais à dormir parce que j'essayais de respecter des horaires, en arrêtant de travailler vers 23 heures pour essayer de dormir à minuit, minuit et demi maximum, et en étant réveillé vers 6 heures. La chose la plus difficile, ce sont les réveils la nuit, soit parce qu'il y a des décalages horaires avec des partenaires étrangers, soit parce qu'il y a des tensions importantes ou des imprévus. Moi, j'ai eu à affronter des négociations difficiles concernant des otages. Là, le premier ministre est en première ligne. Quand vous prenez la décision de refuser un chantage à 2 heures du matin au téléphone, *« Non, la France ne cédera pas »,* vous avez quand même du mal à vous rendormir, miné que vous êtes par une question : la décision que je viens de prendre ne va-t-elle pas condamner l'otage, alors même que vous savez que vous devrez parler à sa famille, avec laquelle vous êtes en contact en permanence, dès le lendemain matin.

Heureusement, de temps en temps, vous avez un compliment. Mais c'est surtout lorsqu'on est ancien premier ministre que l'on en reçoit le plus. Les gens viennent vous voir dans le train, dans la rue pour vous dire : *« Ce que vous avez fait, c'est très bien, j'en ai profité ! »* Je l'ai d'ailleurs dit à mon successeur : *« Ne t'inquiète pas, ça ira mieux après. »*

Raymond Barre : C'est une fonction très éprouvante et l'ont vit sur le caractère et sur les nerfs. Le premier ministre doit faire fonctionner le gouvernement, les relations avec le Parlement, les administrations, recevoir les syndicats, les représentants des collectivités locales, les personnalités de l'outre-mer, les dirigeants étrangers. La vie quotidienne à Matignon est un harassement continuel, sans vrais moments de liberté. Le premier ministre arrive à Matignon le 1er janvier, il a sur son bureau son agenda établi jusqu'au 31 décembre de l'année. Une semaine de premier ministre ? Le point d'orgue en est le conseil des ministres, le mercredi, mais j'avais aussi une audience avec le président de la République le lundi pour préparer le conseil et le jeudi pour en tirer d'éventuelles conclusions. Chaque jour, des rendez-vous et des réunions de travail. Je devais également aller chercher et raccompagner à l'aéroport les chefs d'État étrangers et le président de la République lui-même lorsqu'il voyageait. Si j'avais moi-même un voyage officiel, il fallait le caser entre le vendredi et le dimanche soir. Quand il faut aller en Chine, avec le voyage et le décalage horaire… Et je ne parle pas des dîners d'État auxquels il faut bien sûr assister. Mais le pire, c'est de rentrer enfin le soir, à minuit, avec ses dossiers à l'esprit, et là, de ne pas pouvoir s'endormir.

Pierre Mauroy : Le jour où on prend la responsabilité de premier ministre, on ne vit plus de la même façon et c'est un entraînement qui commence. Combien de fois ai-je pensé : *« Si on me donnait quelques jours quand même pour y réfléchir, ce serait mieux pour prendre la décision appropriée... »* Mais les choses arrivent en cadence, on est soumis à la pression du commandement, la pression des problèmes qu'on met sur votre table, la pression du mouvement général. Matignon, sur ce plan-là, est une épreuve.

Alain Juppé : J'avais choisi de rester maire de Bordeaux en même temps que premier ministre. Je m'étais dit : *« Les autres l'ont fait, pourquoi pas moi ? »* Les autres, c'était tout de même Pierre Mauroy, qui était premier ministre et maire de Lille, Jacques Chaban-Delmas, qui était maire de Bordeaux et premier ministre, Jacques Chirac qui était maire de Paris et premier ministre. J'avais aussi choisi de rester chef du RPR et cela ne m'occupait pratiquement pas. Je déléguais toutes mes fonctions dans l'organisation du parti, j'allais de temps en temps à des réunions, mais j'y serais allé de toute façon, même si je n'avais pas été chef de parti. En revanche, j'allais deux jours par semaine, le vendredi et le samedi, à Bordeaux. Rétrospectivement, je me dis que c'était une erreur parce que c'est vrai que cela m'obligeait à tenir des emplois du temps épouvantables et très fatigants. Quand je rentrais le dimanche après-midi, j'allais passer quelques heures à La Lanterne, la résidence des premiers ministres, dans le parc de Versailles. C'était un peu une respiration. Mais je finissais la semaine essoré.

Michel Rocard : Le premier ministre n'est saisi des problèmes que lorsqu'ils sont pourris, lorsque ni l'administration ni le ministre n'ont pu les régler à leur niveau. C'est ce que j'entends par « pourris », même si le mot est un peu dur. Le métier du premier ministre est quand même terrifiant, et, pour l'exercer, il faut une santé monstrueuse. Il arrive souvent qu'on vous arrache une décision entre deux portes : *« Monsieur le premier ministre, il faut que je vous voie absolument... Dans tel secteur, il y a... – Oui, mais je prends l'avion, je vais faire un laïus sur la défense de la petite enfance... L'avion ne m'attend pas... – Qu'est-ce que vous pensez ? – Faites donc ça. »* Beaucoup de cas se règlent ainsi. Il est évident qu'une sensibilité excessive, simplement la fatigue ou une résistance nerveuse un peu insuffisante, le fait de pouvoir connaître la colère ou la rancœur, brise toute possibilité de prise de décision rationnelle et sereine.

Lionel Jospin : Je travaillais de façon méthodique, aidé par des gens méthodiques, dans mon cabinet et mon gouvernement. J'ai continué à avoir une activité physique et sportive minimum pour m'entretenir. Je m'étais dit aussi qu'il ne fallait pas que je grossisse, car dans l'esprit des Français, cela donne : *« Il se goberge ! »* Je dois dire aussi que j'ai trouvé cette tâche absolument passionnante. Et donc j'en ai plutôt vu l'attrait, la beauté, la responsabilité, et même la lourdeur – sans que je sois spécialement masochiste –, ce qui a sûrement aussi fait partie de ce sentiment de plénitude que j'ai éprouvé.

Cette nécessité de passer rapidement d'un sujet à un autre, cette agilité intellectuelle dont il fallait faire preuve faisaient justement qu'on pouvait supporter la masse de travail. Parce que si gouverner n'avait été qu'une monomanie ou n'avait signifié que gérer un seul thème, alors la routine aurait triomphé rapidement. Alors que là, dans cette diversité, la masse de travail était un peu oubliée. C'est l'un des aspects que j'ai considéré comme un défi mais aussi, à certains égards, comme un plaisir.

Je dois aussi faire un compliment à Jacques Chirac, une fois n'est pas coutume. Je l'ai décrit comme simple et peu protocolaire. Il m'a immédiatement dit, un peu à ma demande mais enfin tout de même : *« Écoutez, quand je pars en voyage à l'étranger, vous n'êtes pas obligé de m'accompagner, vous n'êtes pas obligé de venir me rechercher.* » Valéry Giscard d'Estaing, François Mitterrand obligeaient leurs premiers ministres à le faire et c'est une perte de temps. Et donc, sur un certain nombre d'aspects protocolaires, le président de la République a contribué à alléger ma fonction.

Pour me détendre, j'écoutais de la musique, je lisais, je parlais avec ma femme ou le dernier de mes enfants, puis très souvent je me remettais au travail. J'avais une chance extraordinaire, sauf circonstances exceptionnelles, c'est que dès que je mettais la tête sur l'oreiller, je m'endormais, pratiquement tout de suite. Cela aide à se détendre.

Laurent Fabius : Il y a deux ou trois grandes différences entre le gouvernement d'aujourd'hui ou de demain et celui du passé. D'abord, il y a une multiplication des décisions et une exigence de rapidité qui n'existaient pas auparavant. Deuxièmement, vous devez prendre ces décisions avec un horizon mouvant. Parce que la mondialisation, parce que l'Europe, parce que les relations internationales, parce que tout bouge à toute allure, alors qu'auparavant l'horizon était fixe. Et troisièmement, vous devez prendre ces décisions sous la contrainte permanente de l'opinion. Quand vous additionnez ces trois éléments – multiplicité des décisions, horizon mouvant, contraintes médiatiques fortes –, c'est un exercice beaucoup plus difficile que ce que l'on croit souvent.

François Fillon : Il n'y a pas beaucoup d'autres postes qui soient de vrais postes opérationnels, sauf peut-être le poste de ministre de l'intérieur. Qu'est-ce que j'appelle un poste opérationnel ? Un poste où on est sept jours sur sept, 24 heures sur 24 en alerte. On ne coupe pas son téléphone portable la nuit. Il se passe toujours quelque chose, on vous prévient dès qu'il y a un incident grave ; il y a une pression du quotidien. C'était pour moi une grande nouveauté, puisque j'avais toujours réussi, en trente ans de vie politique, à préserver des vacances, des week-ends, des moments de vraie coupure. Là, il n'y a pas de moments de coupure, on est forcément tout le temps branché sur l'actualité.

Dominique de Villepin : Le grand défi à Matignon, c'est d'être à la fois à sa tâche de premier ministre, c'est-à-dire de coordinateur de l'action gouvernementale, d'impulseur de propositions et d'idées nouvelles et en même temps d'être en contact avec les réalités du pays. Le risque étant d'être pris dans une sorte de maelström où tous les jours se ressemblent et où, dans le fond, un peu tel le boxeur qui est KO, vous êtes balancé d'un coin à l'autre du ring. Pour rester debout et pour garder le sens de l'action, il faut des rendez-vous structurés, avec les médias, avec la classe politique, avec les Français. Et c'est tout le sens, justement, de l'agenda du premier ministre qu'il faut en permanence rebâtir.

J'ai trouvé la fonction difficile parce qu'elle demande en permanence un effort sur soi-même. J'ai trouvé difficile de garder jour après jour la même énergie, la même tension. C'est un travail d'usure. Et c'est bien là où je crois que la vie à Matignon, la vie des premiers ministres, doit être marquée par des rythmes. Il y a un moment donné où il devient très difficile de retrouver de l'énergie et de la force. Et pour être franc, je pense que les deux années que j'ai passées à Matignon correspondaient au bon rythme et s'il avait fallu vivre une troisième année, cela aurait été sans doute extrêmement éprouvant. On ne se trompe pas quand on dit qu'il faut régulièrement changer un premier ministre. Un premier ministre ne dure pas cinq ans.

15

Derrière les dorures

Les enfants souffrent, les conjoints regimbent... Le premier ministre est sur le devant de la scène, mais dans la coulisse, c'est sa famille qui paie les pots cassés. Depuis plus de dix ans, tous les premiers ministres sans exception ont fini par s'installer à Matignon. Est-ce la seule façon de préserver, au cœur du maelström du pouvoir, un semblant de vie privée ?

Édith Cresson : À Matignon, il est difficile d'avoir une vie privée, parce qu'on n'a plus vraiment le temps pour cela. C'est cependant très important d'avoir une famille qui vous soutient, ce qui heureusement était mon cas. J'ai toujours été soutenue par mon mari et, s'il ne me le disait pas, je sais bien qu'il a beaucoup souffert de la situation. J'ai su plus tard qu'il se faisait faire des revues de presse et n'ignorait donc aucune des critiques dont je faisais l'objet. Mais il ne m'en parlait pas. Nous avions une vie de famille très solide et Matignon n'y a rien changé, sauf bien sûr dans les horaires, l'absence de vacances, enfin tout ce qui empêche de passer du temps ensemble, mais est inhérent au travail de premier ministre. Mes filles, elles, étaient très jeunes, et cette expérience les a certainement marquées. Je me souviens que l'une d'elles, un jour, m'a offert des lys blancs, comme une marque de pureté au milieu de toute cette boue que l'on remuait autour de moi.

J'ai en tout cas toujours refusé de quitter mon appartement pour habiter Matignon. Pourquoi aurais-je vécu dans un endroit horrible ? Évidemment, les bureaux sont magnifiques et il y a le parc. Mais au-dessus, les appartement privés sont affreux. Je ne vois pas l'intérêt d'y vivre et n'ai jamais compris ceux qui considèrent que c'est prestigieux. En voiture, il me fallait dix minutes pour aller chez moi. On a tout de même le droit de dormir en dehors de Matignon ! D'autant que s'il y a une urgence, on peut être appelé, cela m'est arrivé plusieurs fois. On peut très rapidement être à l'Assemblée nationale. J'ai toujours considéré qu'il valait mieux vivre avec sa famille, dormir dans un appartement que l'on connaît, où l'on a ses repères. Lorsqu'on est surchargé de soucis et qu'on doit faire face aux attaques dès le lendemain, dormir quelques heures dans un endroit sécurisé, tranquille, c'est un réconfort beaucoup plus important qu'on ne l'imagine.

Raymond Barre : Quand je suis arrivé à Matignon, nous avons visité les lieux ma femme et moi. Il y avait un trois-pièces, de toutes petites pièces, pour le premier ministre. Mais j'avais immédiatement assuré à ma femme que je voulais rentrer le soir chez moi, pour sortir de Matignon et me reposer tranquillement dans une atmosphère différente. Je l'ai donc fait, mais très vite, à cause du rythme infernal de Matignon, j'ai commencé à téléphoner, le soir, vers 20 heures pour prévenir :

« Je ne peux pas rentrer parce que j'ai un rendez-vous qui n'est pas terminé » ou *« J'ai encore des dossiers à revoir et à signer. »* Cela a duré ainsi quelques semaines. Et je me souviens qu'un dimanche, ma femme et moi avons invité à déjeuner M. et Mme Michel Debré, que nous connaissions bien. J'ai expliqué tranquillement à Michel Debré que j'avais l'intention de ne pas résider à Matignon mais de rester chez moi. Et il m'a dit tout aussi tranquillement, lui qui avait été premier ministre du général de Gaulle : *« Ça ne durera pas longtemps. Vous serez obligé d'y habiter. »* Et c'était vrai. Pour voir au moins de temps en temps ma femme, nous avons dû déménager. Et je suis resté dans l'appartement de Matignon près de cinq ans. Jusqu'à la fin.

Pierre Mauroy : En arrivant à Matignon, je me suis d'abord enquis du bureau de Léon Blum. Il était au rez-de-chaussée, alors que curieusement, sous la Ve République, tout le monde est monté au premier étage, le président de la République à l'Élysée et le premier ministre à Matignon. J'ai tout de même tenu à ce que le bureau soit remis à sa place et dans ce bureau, je tenais les réunions les plus importantes, en particulier avec les organisations syndicales.

Pour le reste, je me suis installé immédiatement à Matignon avec ma femme. Ma maison était à Lille et comme député, je n'avais qu'un de ces petits studios que l'Assemblée nationale met à la disposition des parlementaires provinciaux. À Matignon, l'appartement est petit et mal distribué. Je me souviens que l'on devait passer par ma chambre pour aller à la salle à manger. Ce n'était pas l'idéal. Ma femme et moi, nous prenions nos repas dans la salle à manger officielle. Mais dès que la nuit tombe, notamment l'été, il y a ce parc formidable. Lorsque les grandes portes se ferment, c'est alors Matignon village et même Matignon hameau ! Le plus souvent, je restais là le soir et allais faire un tour dans le parc. Il y avait là des gardes républicains venus du Nord ou du Pas-de-Calais et aussi du Massif central, et on leur apportait leur gamelle dans leurs guérites, comme je l'avais vu faire enfant pendant la guerre. Je ne trouvais pas cela normal. Et je me suis mis en tête, avec l'un de mes collaborateurs, de mettre en place un petit self-service. Cela a été toute une histoire, avec les architectes, de caser ce self derrière les arbres de Matignon. Mais ils en ont été tellement reconnaissants que lorsque j'étais un peu en avance à l'Élysée, les gardes républicains me jouaient toujours un petit air qui était en quelque sorte une aubade au premier ministre… Si l'on n'habite pas à Matignon, ou si l'on n'est pas maire et habitué à voir ce genre de chose, on ne sait pas comment les gens vivent dans les bureaux.

Pour me détendre, il m'arrivait de prendre ma voiture, ce que n'aimaient pas mes inspecteurs de police, pour aller faire un tour en ville. Parfois même, lorsque mon dernier visiteur partait vers 22 heures ou 22 h 30 – c'est tout à fait courant de recevoir un visiteur si tard –, je lui proposais alors de le raccompagner dans ma voiture. Évidemment, il était un peu sidéré. Mais cela me faisait plaisir de circuler dans les arrondissements de Paris. Je crois que ceux qui se chargeaient de la sécurité me donnaient l'illusion que je me baladais comme je l'entendais, mais ils avaient trouvé quelques trucs pour me suivre. Je me souviens qu'un soir, dans ma voiture, j'ai pris les grands boulevards. Il y avait sur kiosques la une de *L'Express* avec ma caricature. J'ai eu vraiment l'impression d'être sorti du hameau, et cela m'a procuré un de ces rares petits plaisirs, si rares pour un premier ministre.

J'en avais un autre à Matignon. Pour fêter le 10 mai 1981, Fidel Castro avait envoyé de merveilleux havanes. Le soir, je fumais donc un cigare, en regardant le journal télévisé. Puis j'attendais le retour de Michel Delebarre, mon directeur de cabinet qui généralement sortait dîner. Je gardais tous mes dossiers sous les yeux, parce que j'avais l'impression que les avoir là, c'était déjà un peu les régler. Michel revenait vers 23 heures et me racontait les rumeurs de la ville.

Sans doute parce la gauche arrivait au pouvoir sans en connaître les avantages, j'ai mis un an avant de comprendre que le premier ministre disposait d'une résidence de week-end à la Lanterne.

Alain Juppé : Quinze jours ou trois semaines après ma nomination comme premier ministre, a explosé ce que l'on a appelé l'affaire de mon appartement. J'avais, comme des centaines de personnes, un appartement de la Ville de Paris, je payais mon loyer normal à la Ville de Paris, comme tout le monde, bref, je n'étais pas logé gratuitement. Mais la polémique a été entièrement fabriquée et manipulée. Je sais que cela peut choquer beaucoup de gens qui ont des problèmes pour se loger, je veux bien l'admettre, mais franchement cette affaire n'était rien au regard des enjeux qui étaient les miens à la tête du gouvernement : la reprise des essais nucléaires, la réforme de l'assurance maladie, le redressement notre situation économique et budgétaire. Bref, pour moi, c'était vraiment quelque chose de microscopique. Mais parce que c'est exactement ce genre de chose qui, en France, peut ébranler le pouvoir, il a fallu quand même que je déménage en trois jours, à la veille de l'accouchement de ma femme. Bien sûr, je ne vais pas faire pleurer Margot, il y a des déménagements bien pires, mais enfin c'est comme cela que je me suis retrouvé à habiter à Matignon.

Je dois dire que c'est d'une commodité absolument évidente. Lorsque je terminais mon travail le soir à minuit, j'ouvrais la porte et j'étais dans ma chambre à coucher. S'il avait fallu rentrer chez moi, c'était forcément une demi-heure de plus, même si je n'habitais pas très loin. Et surtout, cela me permettait tout de même, et c'est je crois la raison essentielle finalement, d'avoir ma famille pas trop loin. De temps en temps, il m'arrivait, entre 19 h 30 et 20 heures, avant un dîner, de pouvoir dégager un quart d'heure pour aller embrasser mes enfants, parce qu'ils étaient à côté. J'avais une petite fille, Clara, qui venait de naître. Je crois que je suis, avec Félix Gaillard peut-être, le seul premier ministre qui ait vu un de ses enfants naître à Matignon. Elle est née en octobre 1995, et y a vécu ses deux premières années.

Lionel Jospin : Nous sommes restés chez nous, avec ma femme, presque deux ans. Puis nous nous sommes aperçu que cela rendait notre vie ensemble plus difficile. Je rentrais parfois le soir pour dîner et je devais repartir travailler jusqu'à 23 heures ou plus tard encore. Nous avons compris qu'il serait mieux, si nous voulions un tant soit peu conserver une vie de couple, être installés à Matignon, c'est-à-dire à vingt mètres de mon bureau. Mais nous avons, bien sûr, conservé notre appartement et ma femme travaillait à la maison. En somme, ce lieu, vraiment privé, continuait à exister.

François Fillon : Je crois que c'est difficile de ne pas habiter à Matignon. Non pas que les conditions de logement y soient extrêmement confortables. Elles sont même assez sommaires. Mais il faut être disponible 24 heures sur 24 et la meilleure façon, c'est de dormir pas trop loin de son bureau. Je me souviens que, ministre, j'avais été très frappé de voir Édouard Balladur rentrer tous les soirs afin de regarder chez lui le journal de 20 heures. J'ai longtemps essayé d'en faire mon modèle, du point de vue de l'organisation quotidienne. Mais c'est très difficile. En tout cas, je n'y suis pas arrivé. Je crois qu'Édouard Balladur le faisait parce qu'il y avait derrière lui un cabinet qui assumait peut-être cette espèce de permanence opérationnelle que l'on exige de Matignon. Il y a aujourd'hui des moyens de communication instantanés, le téléphone portable, Internet, les blackberrys, et pourtant il est très difficile de ne pas être sur place. J'ai une famille relativement nombreuse, cinq enfants encore jeunes. Pour moi, l'avantage de loger à Matignon, c'est aussi de pouvoir les voir même si c'est de façon très brève dans la journée. C'est toujours mieux que de ne pas les voir du tout.

La difficulté de Matignon, c'est que ce n'est pas un endroit très pratique pour y vivre et y travailler à la fois. C'est d'ailleurs un problème que l'on retrouve dans beaucoup d'autres ministères. La question devrait peut-être se poser un jour de savoir s'il ne faut pas essayer d'adapter les lieux dans lesquels on exerce le pouvoir à la société d'aujourd'hui. Et de ce point de vue, les hôtels particuliers de la République, même magnifiques, ne sont généralement pas adaptés.

Le problème du premier ministre, on l'a compris, c'est d'abord le temps. Le temps de réfléchir et de décompresser. Nicolas Sarkozy, dès son élection, a décidé de prendre la Lanterne, cette résidence dans le parc de Versailles jusque-là réservée aux premiers ministres. Et le fait que le premier ministre ne puisse plus l'utiliser est une difficulté. Il n'y a plus d'endroit près de Paris pour décompresser. Au fond, mon seul refuge, c'est chez moi, dans ma maison de la Sarthe.

Michel Rocard : Lorsque j'ai quitté Matignon, je me suis aussi séparé de ma femme. Peut-être aurais-je divorcé sans Matignon, mais cela a accéléré les choses, sans aucun doute. Ma femme, Michèle, était une femme intelligente, une femme de pouvoir. Elle avait un tempérament à souhaiter, sans se le dire, être à ma place. Elle parlait aux ministres, s'intéressait aux dossiers. Or, lorsque vous êtes premier ministre, votre conjoint est obligé d'être plus effacé, plus à l'écoute, et cela ne correspondait pas à ce qu'elle était. Elle était trop présente et Matignon n'a rien arrangé. Ce genre de fonction, avec ses séquences de travail hallucinantes, le stress, entraîne une disparition de l'intimité qui a forcément des conséquences sur la vie privée. Le moindre faux pas, le moindre mot de trop, la moindre faute administrative ou politique n'est pas pardonnée, elle est pilonnée. Ce n'est agréable pour personne. En tout cas, je peux dire que cela n'a pas engagé mes enfants à faire de la politique.

16

L'usure du corps

Michel Rocard est pris de coliques néphrétiques, Édith Cresson s'épuise à la tâche, Raymond Barre fait de l'hypertension et Jean-Pierre Raffarin souffre de la vésicule biliaire. Il n'est pas rare que le passage à Matignon scit entrecoupé d'un séjour à l'hôpital du Val-de-Grâce, refuge des premiers ministres surmenés...

Michel Rocard : C'était un mercredi, jour de conseil des ministres. Après le retour de la mission de dialogue en Nouvelle-Calédonie, je devais recevoir pour la première fois à déjeuner, outre Christian Blanc qui avait piloté la mission, le leader indépendantiste kanak Jean-Marie Tjibaou et le représentant du RPCR, principal opposant à l'indépendance, Jacques Lafleur. C'était la première fois depuis quinze ans qu'après avoir beaucoup travaillé à se faire tuer l'un l'autre, en animant tous les deux des milices mutuellement assassines, ils allaient se retrouver face à face.

Le déjeuner est prévu pour 13 heures, mais à 9 heures, me voilà dans le bureau de François Mitterrand, comme chaque mercredi, puisque le conseil des ministres est à 10 heures. Nous regardons les quelques nominations, il y en a toujours dix ou quinze. Les décisions d'État sont déjà prises, on en est à vérifier que les consensus sont bien acquis, qu'il n'y a pas de drame et qu'elles sont toujours valides.

On examine les choses et tout à coup, mal au ventre, et vraiment ça va très mal. Le président me voit pâlir, il voit de la sueur perler à mon front, il comprend que quelque chose ne va pas. Et je lui lâche : *« Je ne sais pas ce qui m'arrive, monsieur le président… J'imagine que je dois avoir un peu d'intoxication alimentaire. »*

Je dois rendre à l'histoire cet hommage de dire que le président de la République a été absolument charmant. Il m'a pris par la main, m'a emmené m'allonger sur son propre lit, a appelé immédiatement le médecin militaire qui est de service en permanence à l'Élysée, il a été délicieux. Il m'a accompagné dans cette douleur. Mais le fait de m'allonger une demi-heure n'a pas servi à grand-chose. Nous descendons ensemble au conseil des ministres. Mais au bout de quelques minutes, je n'ai plus pu tenir, il fallait que je bouge. J'étais en face du président et j'ai demandé la parole : *« Monsieur le président de la République, j'ai tout à l'heure à Matignon un déjeuner qui était discret jusqu'à présent, mais je n'ai pas fini sa préparation. Il s'agit de faire rencontrer messieurs Lafleur et Tjibaou pour voir si on continue à se tuer ou si les choses se passent différemment. Je vous demande, monsieur le président de la République, la permission de m'éclipser pour finir de le préparer. »*

Évidemment, le déjeuner était prêt comme pas possible. Mais le président a très bien compris, personne n'a rien vu et je suis parti. Cela a été fabuleux et épouvantable. Il faut que je raconte l'histoire jusqu'au bout. M. Lafleur était un formidable homme politique, tout-puissant patron du territoire depuis vingt ans. Un patron avec quelque chose de sicilien, de familial, mais un homme respectable. Il n'y avait pas d'amitié entre nous, mais une confiance et un respect mutuels et c'était déjà beaucoup. C'était un grand malade. Il avait été déjà trois fois ponté et il était sous traitement médicamenteux intense, se préparant à un quatrième passage sur le billard dont personne ne savait s'il ressortirait vivant et lui non plus. Donc, Jacques Lafleur portait la mort dans sa tête et avec lui. Jean-Marie Tjibaou pétait le feu, resplendissant de joie, de bonheur et d'humour. Mais c'était un homme dont deux des frères étaient morts assassinés, qu'on avait lui-même essayé d'assassiner quatre ou cinq fois et qui se savait toujours en sursis. Il est d'ailleurs mort assassiné l'année suivante. Bref, lui aussi avait avec la mort une proximité particulière.

Voilà ces deux hommes en train de se faire face pour savoir s'ils peuvent faire la paix ensemble. Moi je suis le premier ministre de la puissante République française, un tout récent premier ministre doté de bons sondages, un destin qui se présente bien… et c'est moi qui suis le malade à cette table. Je vais donc assister à ce déjeuner inouï en souhaitant qu'on se confronte, qu'on parle des choses les plus importantes et que sorte un communiqué de presse annonçant qu'ils donnent leur accord au commencement de négociations collectives. Mais toutes les dix minutes, je dois m'éclipser pour m'allonger sur le lit de la chambre de passage, car il n'y a pas d'appartement de premier ministre à Matignon.

C'est une chambre basse de plafond, il n'y a même pas de place pour un fauteuil, et on l'appelle tout de même la chambre du premier ministre…

Toujours est-il que je vais m'allonger et puis je reviens. Chaque fois que je m'allonge, ils recommencent à s'engueuler au lieu de progresser vers le communiqué. Au milieu du repas, parce que tout le monde s'inquiète un peu, un médecin ami fait le diagnostic par téléphone d'une crise de colique néphrétique. Personne n'y avait pensé. Cet ami médecin ordonne : *« Mettez le premier ministre dans un bain chaud, j'arrive ! »* Dans un bain chaud, comme c'est commode ! Il y avait pourtant une baignoire à douze mètres de la salle à manger et on me met dedans. Le soulagement est immédiat. Mais ma femme piaffe : *« Il faut l'emmener au Val-de-Grâce ! »* Mon cabinet piaffe : *« On ne peut pas laisser le premier ministre dans cet état ! »* Moi, plus de douleur, confortable comme pas possible, j'attends le communiqué. Et à table, ça fait rage, c'est dur…

Je suis resté dans mon bain une heure trois quarts. Et j'ai stupéfié le petit médecin militaire de Matignon, ma propre épouse, mon cabinet. Lafleur et Tjibaou ont finalement publié ce communiqué qui a engagé des négociations qui ont été ensuite victorieuses, et je me suis toujours demandé s'il n'y avait pas un peu de : *« On peut pas lui faire ça… »*

Raymond Barre : Lorsque je suis arrivé au Val-de-Grâce, le médecin qui m'a examiné – j'avais fait une crise d'hypertension – m'a dit : *« Je m'étonne que cela ne vous soit pas arrivé plus tôt. »* En huit jours, ils m'ont remis sur pied, mais la tension était extrême. À l'époque, il y avait la visite d'État de M. Hua Guofeng, le premier ministre chinois. Et j'avais dû aller, éreinté, à l'Opéra, assister à une représentation médiocre et je m'étais senti épuisé en redescendant le grand escalier du Palais-Garnier. J'étais vraiment très fatigué. Et c'est ce qui m'a donné cette crise d'hypertension. J'en ai conservé des traces et je dois bien avouer qu'après Matignon j'ai mis près d'un an à retrouver mon pôle de sustentation…

Jean-Pierre Raffarin : J'ai été transporté la veille d'un 8 mai au Val-de-Grâce pour une opération chirurgicale nécessitée par une inflammation de la vésicule biliaire dont l'origine, j'en suis certain, était liée à mon rythme de vie à Matignon. La tension est telle, à ce poste, que le corps craque à un moment ou à un autre et donc, pour moi, cela a été la vésicule biliaire.

Je voulais pourtant vraiment être présent aux cérémonies du 8 mai et j'espérais que la douleur se calmerait. J'avais eu, une dizaine d'années auparavant, une douleur semblable, mais elle était passée avec des calmants. J'espérais donc secrètement, bien que les médecins aient identifié, après les scanners, qu'il fallait opérer d'urgence, que cela passerait pareillement. Je leur ai affirmé en arrivant que je ne donnerais l'autorisation d'opérer que lorsque j'aurais eu l'accord du président de la République. Et j'ai pris prétexte que Jacques Chirac se reposait toujours en début d'après-midi pour affirmer que je ne l'appellerais qu'un peu plus tard et donc pour retarder l'opération. La douleur ne s'étant pas calmée, il a bien fallu que je me résolve à appeler le président vers 15 heures. Évidemment, il m'a aussitôt ordonné : *« Mais bien sûr qu'il faut que tu te fasses opérer ! »*, et *« surtout repose-toi »*, etc.

Je me suis donc fait opérer le week-end. C'était d'ailleurs la même opération que celle qu'avait subie, quelques années plus tôt, Jean-Pierre Chevènement. Mais pour moi, cela s'est mieux passé que pour lui et je me souviens qu'il m'avait envoyé un mot : *« Il faut croire que vous avez une nature meilleure que la mienne. »* Toujours est-il que cela devait être le samedi et j'ai voulu rentrer à Matignon le lundi soir : il y avait une réunion que je devais arbitrer sur le projet de lutte contre la délinquance, un projet pour lequel il y avait des tensions entre Dominique de Villepin et Nicolas Sarkozy. Il n'y avait donc que moi qui pouvais arbitrer leur conflit. Je ne l'avais pas dit directement au président et j'ai convoqué cette réunion le mardi, à 9 heures. J'étais rentré la veille au soir à Matignon et je suis venu quand même assez chancelant assister à cette réunion puis je suis retourné ensuite me coucher tout de suite. Et là j'ai reçu la seule véritable engueulade que m'ait adressée le président de la

République. Il m'a reproché de jouer avec ma santé !

Mais comment faire pour mener une convalescence, lorsqu'on est premier ministre et que tant de responsabilités vous incombent ? Je me suis donc reposé deux ou trois jours et j'ai repris mes activités. Mais je ne me suis jamais caché la vérité, à savoir qu'il y a forcément un lien de cause à effet entre les pressions qu'engendre la mission et la difficulté qu'il y a pour le corps à les supporter…

Pierre Mauroy : Il faut avoir une santé de fer à Matignon. Et j'ai eu très vite un pépin de santé. Au mois de juin, j'avais fait un voyage en Afrique vraiment très fatigant et j'ai été victime d'une attaque de parasites qui ont provoqué une infection. Je suis donc allé au Val-de-Grâce. Là, les médecins devisaient : la gorge et même la plèvre pulmonaire paraissaient en très mauvais état mais je n'avais pas de fièvre. Bref, comme il n'y avait pas de fièvre caractéristique d'une infection microbienne, ils s'orientaient plutôt vers un cancer. À partir de ce jour-là, j'ai vu de ma fenêtre du Val-de-Grâce cinquante journalistes qui attendaient je ne sais pas quoi. Au bout de deux jours, les médecins ont finalement opté pour l'infection microbienne, assurant que j'allais guérir en quelques jours. Pftttt… Les cinquante journalistes se sont envolés. Voilà, ça vous donne une idée de la relativité de la vie, de la mort et de l'actualité…

Édouard Balladur : Je sais que c'est l'un des grands thèmes de commentaires des journalistes et de gémissements de ceux qui ont été premier ministre. N'est-ce pas, à les entendre, la mission la plus difficile du monde ? Il faut vraiment une âme d'apôtre, sinon même de martyr pour accepter de jouer un rôle pareil ? Moyennant quoi, je n'ai jamais entendu dire que qui que ce soit ait refusé de l'être et en tout cas moi, ça n'a pas été mon sentiment. J'ai été très heureux d'être premier ministre, j'ai été très heureux d'exercer ma fonction. Fonction lourde mais enfin, lorsque j'entends que c'est la tâche la plus difficile au monde, n'exagérons rien. Il y a beaucoup de décisions à prendre, c'est vrai, mais en même temps, on est stimulé par l'intérêt de ce qu'on fait et par le sentiment que ce qu'on fait peut avoir une importance. Bref, pour conclure sur ce point, en ce qui me concerne, je dirais que ça m'a tout à fait épanoui. Et je ne me suis pas laissé accabler par la besogne : en s'organisant bien, on peut faire face.

17

Le président est malade…

Georges Pompidou est à l'agonie et Pierre Messmer doit diriger l'État et maîtriser les ambitions qui s'aiguisent. François Mitterrand est malade, mais Pierre Mauroy l'oublie quand Édouard Balladur l'assume. Dominique de Villepin mène sa guerre avec Nicolas Sarkozy, lorsque soudain Jacques Chirac a un pépin de santé.

Pierre Messmer : Georges Pompidou avait été l'un des rares premiers ministres à avoir assez bien résisté, physiquement, à la charge de travail de Matignon. Il y était tout de même resté six ans. Mais il est tombé malade une fois à l'Élysée. Il a eu la volonté vraiment rare de m'en parler tout de suite, quelques semaines après que j'eus été nommé premier ministre. Il m'a dit qu'il souffrait d'une maladie très rare, très grave, mais, m'a-t-il affirmé, guérissable.

En réalité, ce mal n'était pas guérissable. Mais il se faisait des illusions parce qu'il avait des périodes de rémission. Je savais donc. Mais je n'ai senti les effets de la maladie sur le fonctionnement de l'État qu'au bout d'un an, quand son état s'est aggravé. Là, il a été obligé d'alléger énormément son emploi du temps. Il restait beaucoup plus chez lui pour se soigner. Il venait peu à l'Élysée. Il recevait beaucoup moins et déléguait ses dossiers. Il avait donc besoin d'avoir confiance en son premier ministre. Et c'était le cas. Je ne peux pas en dire autant de certains ministres de mon gouvernement. Ceux-là laissaient un peu trop voir l'intérêt qu'ils portaient à son état de santé et Georges Pompidou n'aimait pas cela.

Je ne savais pas très bien, au fond, à quoi m'en tenir sur le caractère curable ou non de sa maladie. Je m'étais interdit d'interroger aucun médecin. Il m'avait fait confiance, et je devais lui faire confiance. Lorsqu'il n'a plus été en mesure d'assumer certaines fonctions, sur les affaires courantes, ses conseillers l'ont parfaitement relayé et ont très bien travaillé sur les dossiers. Michel Jobert et Édouard Balladur assumaient le secrétariat général de l'Élysée. Mais sur les décisions graves, c'était quand même au président de décider. Sur la crise pétrolière, nous avons donc tenu un conseil restreint pour arrêter les principales décisions. Et Pompidou a présidé lui-même ce conseil restreint. Il a approuvé toutes les décisions soumises au conseil.

Si j'avais constaté une véritable défaillance, je crois que nous aurions modifié notre système. Mais c'est le Conseil constitutionnel qui doit en décider. Tout le monde sait, au fond, si le président est vraiment incapable, physiquement, de tenir sa fonction. Même sous la IIIe République, le président Paul Deschanel avait été remplacé.

Les médias ont commencé à raconter ce que l'Élysée affirmait : le président a une mauvaise grippe. Pompidou lui-même ne disait rien. Après tout, il n'avait pas pris l'engagement de publier de communiqué sur son état de santé. Il laissait donc gloser son entourage. Je dois préciser qu'au sein du gouvernement, personne ne croyait à la grippe. Personne.

Quand il m'a révélé qu'il avait pris froid dans un wagon de la SNCF à Noël, j'ai fait aussitôt vérifier. Le wagon avait été très bien chauffé. Il n'avait donc pas pu prendre froid. Mais il voulait s'en persuader lui-même. C'était cela aussi le problème. Et personne ne pouvait donc aborder la vérité avec lui. Ni moi ni un autre. Les présidents veulent d'abord, comme tous les grands malades, croire qu'ils vont guérir.

J'ai compris qu'il allait mourir quelques semaines avant sa mort. Donc peu de temps avant, en vérité, parce que, je le répète, c'était une maladie avec des phases de rémission. Ces phases, dont la longueur était très variable, laissaient croire qu'il allait mieux. Alors qu'il s'acheminait inexorablement vers la mort.

D'une certaine façon, j'ai appris sa mort avant sa mort. C'est-à-dire que, quelques jours avant son décès, j'ai appris par son aide de camp qu'il allait mourir. Cet aide de camp m'a téléphoné : on ramenait le président à Paris afin qu'il meure chez lui. Il n'y avait apparemment plus d'espoir, il était déjà à l'agonie. Cela m'a attristé, bien sûr. Mais je ne pouvais pas être étonné. Georges Pompidou est donc mort à Paris sans que j'aie pu, une dernière fois, m'entretenir avec lui.

La Constitution est claire dans ces cas-là. C'est le président du Sénat, Alain Poher, qui a assuré l'intérim. C'était le second intérim du président du Sénat, en exercice, à l'époque, puisqu'il l'avait déjà assumé au moment de la démission du général de Gaulle, en 1969. À partir de ce moment-là, je n'ai plus fait qu'expédier les affaires courantes, mais je suis resté à Matignon, puisque le président par intérim ne peut changer de premier ministre.

Je dois dire que tout le monde ne s'est pas toujours bien conduit. Je voyais bien, lors des conseils des ministres, alors même que le président était encore vivant mais que la maladie marquait son visage, que les ambitions s'aiguisaient. Les ministres parlaient entre eux de sa mort prochaine, tiraient des plans sur la comète. Et Jacques Chaban-Delmas s'est tout de suite déclaré candidat à la présidentielle, avant même que Georges Pompidou fût enterré.

Pierre Mauroy : François Mitterrand m'a parlé de son cancer quelques mois après son accession au pouvoir, en 1981. Je pense qu'il venait lui-même de l'apprendre et suivait alors un traitement. Mitterrand était délicat quand il avait des choses particulières à annoncer à ses amis. Il y mettait une certaine retenue. Donc, un jour que j'étais dans son bureau, en face de lui, il me dit : « *Pierre* (dans certaines circonstances, il m'appelait par mon prénom), *si vous voulez me suivre, on va aller dans ma chambre.* » Je le suis, j'entre dans sa chambre et il me désigne une table, couverte de fioles et de boîtes de médicaments. Il soupire : « *Voilà où j'en suis...* » Et il m'a confié, avec une économie de mots tout à fait remarquable, qu'il était malade. Mais il a aussitôt assuré : « *Je guérirai et ça ne m'empêchera pas de remplir ma tâche.* »

Naturellement, je n'ai rien raconté, à personne. Mais je dois bien dire qu'à partir de ce jour où il m'a révélé sa maladie, je n'ai jamais eu l'impression de me retrouver avec un président malade. En fait, je crois qu'il a connu une longue rémission. Et j'avais parfois l'impression que cette rémission avait décuplé son énergie. Il entreprenait des voyages, il acceptait d'assumer un agenda vraiment chargé. Et pendant tout le temps où j'ai été premier ministre, j'ai fini par oublier ce qu'il m'avait dit – nous étions pourtant très peu nombreux à le savoir – et par considérer qu'il était en fait guéri.

Édouard Balladur : Lorsque je suis arrivé à Matignon, la maladie de François Mitterrand était officielle. Il parlait d'ailleurs lui-même assez souvent de son état de santé. Une ou deux fois, il a été amené à me dire : « *Je ne me sens pas très bien... Nous allons descendre au conseil des ministres et si je suis obligé de m'arrêter et de me retirer, continuez la réunion sans moi.* » Fort heureusement, cela ne s'est jamais produit. D'ailleurs, je n'aurais pas continué la réunion sans lui, j'aurais levé la séance. Il est arrivé une fois où il a eu un moment de douleur manifeste pendant un conseil restreint, comme un malaise. Chacun s'est arrêté de parler et puis il a repris la parole et j'ai demandé aux ministres de n'en rien dire à personne et personne n'en a parlé. Il y avait suffisamment de sens humain et de délicatesse chez les membres du gouvernement pour que personne ne fasse état des moments de difficulté qu'il pouvait traverser.

J'avais été le collaborateur de Georges Pompidou pendant dix ans, et notamment comme secrétaire général de l'Élysée lorsque sa santé s'était dégradée. Pompidou m'avait demandé à plusieurs reprises : *« Vous voyez quelles sont mes difficultés, je compte sur vous pour que tout se passe bien. Moi je me focalise sur la politique étrangère, occupez-vous bien de tout le reste. »* Ce que j'avais fait de mon mieux. Pompidou était un homme jeune, vous savez, il est mort à 62 ans après une dernière année épouvantable. Avec François Mitterrand, les choses étaient différentes parce que je n'avais pas avec lui les relations que j'avais avec Georges Pompidou, que je disposais des pouvoirs propres du premier ministre et qu'il fallait que je fasse marcher le pays. J'avais donc, sous Mitterrand, une responsabilité plus lourde, mais aussi plus complexe puisque j'étais supposé être, et que d'une certaine manière j'étais, son adversaire politique, comme tous les hommes de droite face aux hommes de gauche.

Cela m'obligeait à beaucoup de retenue, beaucoup de soin dans la gestion de ma relation avec lui, pour surtout ne pas donner le sentiment que j'aurais pu être tenté d'abuser de la situation, ce qui aurait été insupportable et incompris. J'espère n'avoir jamais donné ce sentiment, en tout cas parmi les nombreuses choses désagréables qu'on a pu écrire, on n'a pas écrit celle-là.

Lorsqu'il a été opéré pour la seconde fois, François Mitterrand m'en a informé une huitaine de jours avant. Puis nous nous sommes téléphoné à nouveau la veille de son entrée à l'hôpital et il m'a rappelé quelques jours après pour me prévenir : *« Voilà, je vais sortir maintenant. Il paraît que ça va bien. Je vais partir me reposer un peu. »* Il m'a dit de façon assez drôle : *« Maintenant que je suis opéré, si je dois mourir, ce ne sera pas à cause de cela… »*

Dominique de Villepin : J'étais aux universités d'été UMP à La Baule, avec Nicolas Sarkozy, lorsque j'ai appris l'accident vasculaire cérébral de Jacques Chirac et son hospitalisation au Val-de-Grâce. Je venais prononcer un discours devant ces universités d'été et c'est alors même que je prenais un petit déjeuner sur la terrasse de l'hôtel que j'ai reçu un coup de fil de Claude Chirac me demandant de rappeler le président de la République d'urgence. J'ai rappelé tout de suite et il m'a dit lui-même qu'il n'avait pas souhaité me déranger la veille, alors qu'il avait été hospitalisé. Il ne savait pas combien cette hospitalisation allait durer, mais il pensait déjà que ce serait très court. Très vite, il a su qu'il devrait prendre quelques semaines de repos et que cet incident diminuerait sa capacité, dans les mois qui allaient suivre, à voyager, ce qui m'a conduit à le représenter à l'Assemblée générale des Nations unies. Il n'y avait pas là un accident susceptible de remettre en cause sa capacité à exercer son action. Mais les choses représentaient une épreuve pour lui et une contrainte pour moi.

Certes, deux présidents, Georges Pompidou et François Mitterrand, avaient été malades à l'Élysée avant lui. Mais la vie du président n'était cette fois, contrairement à ses prédécesseurs, aucunement menacée. Seulement, pour des raisons de fidélité, d'éthique, j'ai dû soigner encore plus la présentation des choses et faire en sorte que la responsabilité de l'Élysée soit bien assumée, bien intégrée. J'étais soucieux que la perception de la communication soit équilibrée et n'apparaisse pas justement comme une prise de responsabilité indue ou excessive de la part de Matignon…

18

Les médias, voilà l'ennemi

Édith Cresson découvre les caricatures violentes du « Bébête Show », Alain Juppé ne sait plus s'il faut voir les journalistes, Pierre Messmer tente des mesures de rétorsion. Mais rien n'y fait : la presse est une compagne acerbe de chaque instant… dont Matignon ne peut pourtant pas faire l'économie.

Édith Cresson : Un jour, mes collaborateurs m'ont dit que je devrais regarder le *Bébête Show* pour comprendre ce qui se tramait contre moi. Je ne regardais pas cette émission censée être satirique. Je n'en avais pas le temps. Je n'avais donc aucune idée de ce que voyaient les Français chaque soir, avant le journal télévisé. Mes collaborateurs m'ont enregistré une cassette que j'ai visionnée, seule dans mon bureau. J'ai trouvé ça évidemment consternant. J'étais représentée en cochonne, mi-pute, mi-mégère, nulle et lubrique, qui se traînait aux pieds de Mitterrand. C'est là que j'ai compris l'extraordinaire campagne qui était diffusée contre moi sur la chaîne de télévision la plus regardée. Je ne pouvais rien faire. Il n'y a rien à faire. Impossible de réclamer un droit de réponse. Il n'y a d'ailleurs pas de droit de réponse à des choses comme ça. Alors j'ai laissé faire et j'ai cessé de regarder. C'est tout.

Mais la presse, vous êtes tout de même obligé de la lire. Non pas pour savoir ce qui se passe, mais ce que les médias veulent que les gens pensent. Dès les premiers jours, j'ai entendu le pire. On attaquait Mitterrand à travers moi et on attaquait aussi directement ma personne. Dès ma nomination, François d'Aubert a lâché devant les caméras : *« Voilà la Pompadour ! »* Personne ne s'est indigné. Les médias ont été incroyablement violents. *Le Nouvel Observateur* a publié une photo de mes jambes en affirmant que je portais des bas filés, alors que j'ai des cicatrices à cause d'un accident de voiture. Claude Sarraute, du *Monde*, a carrément écrit, en parlant de Mitterrand et moi : *« J'imagine mal mon Mimi te repoussant du pied, agacé par tes câlineries de femelle en chaleur... »* On s'est mis à déformer tous mes propos. On m'a fait dire en une du *Journal du dimanche* : *« La Bourse, j'en ai rien à cirer ! »* Le général de Gaulle, sous une forme plus noble, avait dit exactement la même chose : *« La politique de la France ne se fait pas à la corbeille. »* Moi, j'avais dit cela non pas à la journaliste qui était venue m'interroger, mais à un de mes collaborateurs qui me parlait au téléphone en interne, et qui me disait : *« La Bourse n'a pas bougé »*, au milieu d'autres informations...

Dans une démocratie, il y a une majorité, une opposition. Nous étions dans la majorité, nous avions une opposition, très bien. Mais là, j'avais deux oppositions. J'avais une opposition normale et l'opposition des médias, en particulier la première chaîne de télévision qui avait décidé qu'il fallait faire la peau du premier ministre.

Le *Bébête Show* n'était même pas une caricature. C'était une invention. Un portrait en contradiction avec ce que j'étais réellement. Et qui était fait dans le but de nuire, de nuire au président et de me nuire à moi. J'ignore quels étaient les intérêts exacts de la première chaîne pour procéder de cette manière. Plus tard, une journaliste, Élisabeth Schemla, a interrogé les auteurs de l'émission. Ils ont reconnu : *« On voulait surtout attaquer Mitterrand, on n'était pas tellement favorables à ce qu'il mette une femme premier ministre. »* S'il faut demander l'autorisation des amuseurs publics avant de nommer le premier ministre, évidemment c'est ennuyeux…

Le problème, c'est que l'opinion en a été d'autant plus marquée qu'elle ne me connaissait pas bien, puisque j'avais surtout occupé jusque-là des ministères plus techniques. Mais on racontait n'importe quoi sur moi. Un matin, en me réveillant, j'entends à la radio que l'on avait fait bloquer tous les Champs-Élysées afin que je puisse me rendre à un défilé Dior. La vérité est que j'avais reçu une invitation pour voir la collection de Dior et j'avais répondu en m'excusant, que je ne pourrais pas m'y rendre parce que je n'aurais pas le temps. C'est tout. Donc je n'y suis pas allée du tout. Il n'empêche que la radio a dit que j'y étais allée et que j'avais fait bloquer toutes les avenues. Ainsi, par cet acte imaginaire, on me montrait comme un summum de la frivolité, de la stupidité. Et j'ai compris que, pour m'atteindre, les médias pouvaient mentir délibérément. Le pire, c'est que la presse vous donne des leçons sur l'opinion, alors que pratiquement aucun journaliste ne fait, comme le font les élus, les permanences et les cafés.

Remarquez, j'avais l'habitude des propos phallocrates. Lorsque j'ai conquis ma circonscription à Châtellerault, Pierre Abelin, mon adversaire, avait lancé : *« Le PS a eu la gentillesse de m'envoyer une femme. Je l'aurais bien rencontrée dans d'autres circonstances… »* Et j'avais répondu : *« Moi pas ! »* Lorsque j'étais ministre de l'agriculture, les paysans défilaient avec des pancartes : « Édith, on t'espère meilleure au lit qu'au ministère. » Là, ça dépassait les bornes. J'occupais une chasse gardée et quoi que je fasse, c'était mal ou du moins grotesque. Les photographes s'accroupissaient sur le trottoir pour me photographier quand je descendais de ma voiture. Une femme premier ministre, c'est un animal étrange et toutes les particularités des femmes – ses mains, la bague qu'elle porte – sont mises en évidence comme si c'était important, alors que ça n'a aucun intérêt. C'est-à-dire qu'une femme est prise comme une sorte d'objet, une chose en quelque sorte. Et pas comme quelqu'un qui a une longue carrière, qui est un élu du peuple et qui a donc la légitimité du suffrage universel. Un premier ministre femme, c'est quelque chose d'autre. Et c'est quelque chose de ridicule.

C'est une fonction sacrificielle, avec une dimension presque christique : Dieu (le président) donne ses fils et ses filles au pays et, à partir de là, on devient une proie. Le peuple a d'ailleurs du goût pour ce spectacle, vos adversaires sont innombrables, la presse déchaînée. Au fond, c'est le plus formidable observatoire de la nature humaine. Cela m'a rappelé, d'une certaine façon, la guerre et l'Occupation, avec ses calomnies et ses lâchetés. Cela fait plus de quinze ans et jamais personne ne s'est excusé.

Michel Rocard : À la fin, je ne lisais plus les pages de politique intérieure dans les journaux. Les lire m'aurait fait croire à la maxime du savant Cosinus : « La vie est un tissu de coups de poignard qu'il faut boire goutte à goutte… »

L'opinion publique est devenue consumériste et, une certaine presse aidant, les responsables politiques, fussent-ils président ou premier ministre, peuvent être insultés à merci. La profession politique ne bénéficie plus du respect qu'on avait pour elle du temps où elle passait pour efficace, c'est-à-dire du temps du plein emploi. Aujourd'hui, on nous insulte, on nous veut pauvre et on nous moque. Nos rois aussi avaient leurs bouffons. Mais le bouffon du roi n'entrait pas dans la cathédrale. Aujourd'hui, les bouffons occupent la cathédrale et les hommes politiques doivent leur demander pardon.

Alain Juppé : Jusqu'à mon arrivée à Matignon, je pensais gérer plutôt bien ma communication et quand j'étais au Quai d'Orsay, je dois dire que j'avais plutôt une excellente presse. Tout le monde s'accordait à reconnaître que je ne me débrouillais pas trop mal et je m'entendais très bien avec les médias. C'était peut-être une presse spécialisée dans les questions internationales, mais enfin ça se passait plutôt bien. Auparavant, lorsque j'avais eu des responsabilités politiques à la tête du RPR, je n'avais pas le sentiment de m'être mis à dos la totalité de la classe journalistique. Tout a changé à Matignon.

Je veux bien prendre ma part de torts, bien sûr. J'ai peut-être été trop raide dans ma communication, encore que j'aie fait des efforts : j'essayais d'expliquer ce que je faisais. J'allais souvent à la télévision, je voyais souvent des journalistes. Mais cela ne passait pas. J'ai une petite explication, mais qui pourrait aggraver mon cas… C'est que, on ne s'en souvient peut-être pas, mais l'essentiel de la presse parisienne était balladurienne. Elle avait choisi de soutenir Édouard Balladur à l'élection présidentielle de 1995. Y compris les journaux les plus prestigieux. Et donc Chirac n'était pas légitime à ses yeux. Et son premier ministre non plus. J'ai eu, dès le départ, y compris avec cette malheureuse affaire d'appartement que je louais à la Ville de Paris – ce que l'on m'a reproché comme un scandale –, une espèce de déchaînement médiatique, que je n'ai pas su maîtriser ou inverser.

Évidemment, j'ai reçu des tas de conseils. Le président de la République m'a envoyé son conseiller en communication, Jacques Pilhan. Je l'ai écouté, j'ai suivi ses avis, cela n'a pas suffi. J'ai une conviction bien ancrée au fond de moi-même et mon expérience ne l'a pas modifiée : c'est que vous pouvez faire de la mousse médiatique quand vous n'êtes pas aux commandes. Lorsque vous êtes en campagne, c'est très facile, vous pouvez promettre la terre entière. Quand vous êtes confronté à la décision ou à la réalité et qu'il faut faire avaler une pilule amère, vous avez beau y mettre tous les rubans roses que vous voulez, cela ne passe pas. Je ne comprenais pas toujours très bien, en outre, ce qu'on me conseillait. Il fallait être plus souriant, il fallait parler plus simplement aux gens. Souriant, quand vous parlez du déficit de la Sécurité sociale, ou de la nécessité de réformer les finances publiques : ce n'est pas une rigolade ! Quant à parler simplement aux gens… Moi, j'ai beaucoup parlé aux gens dans ma vie politique, puisque, si je suis là, c'est qu'ils m'ont élu. Et notamment pendant douze ans dans le 18ᵉ arrondissement de Paris et maintenant, depuis plus de dix ans à Bordeaux. Et je n'ai pas eu le sentiment que je parlais un sabir incompréhensible…

Enfin j'ai essayé d'apprendre. On a monté un studio à Matignon, avec de jolies couleurs derrière, pour que je puisse rencontrer fréquemment la presse. Il y avait d'ailleurs en permanence un débat : faut-il voir souvent les journalistes ou pas souvent ? Et cela alternait. Il y avait des périodes où je les voyais souvent et puis les sondages baissaient. Alors les conseillers en communication disaient doctement : *« Il les voit trop souvent. »* Alors je les voyais moins souvent. Mais les sondages baissaient toujours. Alors on redisait : *« Il faut les voir plus souvent. »* Donc je ne savais plus très bien où donner de la tête. Et pour finir, j'ai pris tout cela avec un peu de philosophie.

Raymond Barre : Les campagnes de presse commencent toujours de la même manière. Il y a un article dans *Le Monde* le lundi après-midi. L'histoire est reprise par *Le Canard enchaîné* le mercredi, puis par les hebdomadaires et enfin par la télévision. Heureusement, les campagnes ne durent pas, car les médias ont un défaut qui est notre chance : ils manquent de continuité. Pour ma part, j'ai toujours lu la presse, bien que je considère que la médiocrité du débat économique en France est aussi liée à son fonctionnement. Mais ma détente, lorsque j'étais à Matignon, était de lire le grouillement du microcosme dans *Le Canard enchaîné.* Je n'ai jamais vraiment souffert d'être caricaturé.

Je lisais d'ailleurs les journaux tous les jours. Ils m'intéressaient prodigieusement. Je lisais également la presse française et la presse internationale. Mais en fait, je faisais une distinction entre des journalistes de grande qualité, dont les commentaires étaient excellents. Ceux-là, j'étais attentif à leurs critiques car je savais qu'ils comprenaient la politique que je faisais et ils m'ont toujours soutenu jusqu'au bout. Il y avait parmi eux Jean Boissonnat, François-Henri de

Virieu, Alain Duhamel. Pour le reste, je n'aime pas être méprisant, mais je dois vous dire que j'éprouvais souvent un certain agacement devant un manque de renouvellement intellectuel absolu.

Dominique de Villepin : Le rôle de la presse est évidemment très important parce qu'elle est une chambre d'écho. La presse raconte une histoire. Et il est extrêmement difficile de faire abstraction de cette histoire, parce que c'est cette même histoire qui est racontée au peuple français et c'est celle qui est lue par les collaborateurs, par tous ceux qui participent à la vie politique. Donc, ce qui est écrit vaut quasiment force de loi. Même si ce qui est écrit ne correspond pas toujours à la vérité. Donc une phrase reproduite entre guillemets produit son effet psychologique soit sur l'intéressé, soit sur son entourage. Et cela complique considérablement les choses.

Or les médias avaient d'emblée décidé, devant cet attelage gouvernemental qui paraissait très curieux, qu'il y aurait un affrontement entre Nicolas Sarkozy et Dominique de Villepin. Cétait le sujet intéressant. Jean-Pierre Raffarin avait lui-même payé un très fort écot à ces difficultés relationnelles parce que la vie politique se polarisait autour de cela. Cela ne correspondait pas toujours à la vérité. Bien des histoires racontées étaient fausses mais néanmoins il fallait compter avec, parce que l'image médiatique devient pour l'opinion la réalité.

François Fillon : Je ne dis pas que je n'attache pas de l'importance à ce que je lis dans les journaux. Mais je ne considère pas que ce soit suffisant pour me faire changer de façon de faire. Quand je lis dans les journaux que le premier ministre n'existe pas, je ne dis pas que cela ne me fait pas un peu de peine mais, au fond, je sais que ce n'est pas la réalité.

Je sais qu'il y a des responsables politiques qui jurent qu'ils ne lisent plus les journaux, qu'ils n'écoutent pas les radios. Mais ce qui m'a toujours frappé, c'est que ceux qui vous disent cela sont les premiers à vous téléphoner le jour où ils lisent quelque part quelque chose de désagréable à leur égard. En fait, je crois qu'il n'y a pas un membre du gouvernement, pas un homme politique qui ne commence pas le matin par lire la revue de presse.

Prenons les tensions entre le président et moi. Parfois les médias ne les voient pas, parfois ils les voient là où elles ne sont pas. Mais des tensions qui pourraient être assez vite réglées parce qu'elles ne correspondent pas à des réalités très profondes s'aggravent avec la répétition médiatique. Chacun peut commettre une erreur de langage, utiliser une expression qui n'est pas exactement celle qu'il aurait aimé utiliser. Cela m'arrive, cela arrive au président de la République, cela arrive à tout le monde. Quand vous la lisez une fois dans une dépêche, c'est agaçant. Quand vous la lisez le lendemain dans des analyses très complexes dans tous les journaux puis, ensuite, dans des hebdomadaires et que pendant huit jours finalement, on ne parle que de ça, cela prend tout d'un coup une importance considérable… qui n'a plus rien à voir avec la réalité

Lionel Jospin : Je me suis préoccupé des médias et j'ai essayé de communiquer, de dialoguer avec le pays notamment à travers les médias télévisés et un certain nombre de journaux. J'essayais de faire comprendre la politique que nous conduisions avec mon gouvernement. C'est nécessaire… Sans doute. Cependant, j'ai constaté que parfois, dans ce pays, on s'intéresse plus à une phrase qu'à une action durable et forte. La baisse de neuf cent mille chômeurs ne pèsera jamais autant qu'une phrase jugée maladroite prononcée à la télévision. Bah ! c'est une expérience qu'on fait…

Laurent Fabius : J'ai d'emblée essayé de m'expliquer dans les médias et je faisais tous les mois ou tous les deux mois une émission télévisée pendant laquelle je dialoguais avec un journaliste, sur des sujets qui se posaient. Mon image ? C'est autre chose. À l'époque, je flottais un peu. Je ne m'étais pas fait une religion précise comme maintenant. Évidemment, c'est toujours très agréable d'avoir d'excellents sondages. Et souvent, on a tendance à mettre en avant sa vie privée. J'avais des enfants qui étaient tout petits, qui étaient très mignons, etc. Et on disait : *« Ah ! voilà ce jeune premier ministre avec ses* *beaux enfants, sa femme…* » Et je me suis laissé aller à nous faire photographier. Et puis, parfois, on se fait piéger. Ma femme avait alors une 2 CV. Un jour, elle arrive dans la cour de Matignon avec sa voiture. Un journaliste qui était là prend une photo. Et on a dit : *« C'est génial ! Quel coup extraordinaire ! Ça va faire peuple ! »* Un autre jour, j'habitais à l'époque près du Panthéon et il y avait un marchand de journaux qui est au coin de la rue. Le matin, j'ai l'habitude de descendre acheter le journal. Je descends, j'avais des pantoufles. Il y avait un photographe qui faisait le guet, et me prend en photo. De nouveau : *« Le premier ministre qui va chercher son journal avec ses pantoufles, c'est génial ! Ses conseillers ont dû réfléchir pendant des heures pour trouver ça ! »*

Pierre Messmer : Un jour, *Le Point* titre en couverture : « Messmer doit partir ». La couverture avait probablement été téléguidée par Jacques Chaban-Delmas… J'ai alors réagi d'une façon non politique mais technique. J'ai convoqué le propriétaire du *Point* et je lui ai assené : *« Vous avez besoin de l'État pour rentrer, comme vous le souhaitez, à Radio Luxembourg. Eh bien, vous n'entrerez pas à Radio Luxembourg. C'est ma réponse. »* Et il n'a pas pu entrer. Naturellement, il m'a expliqué qu'il n'y était pour rien, que c'était la faute des journalistes. Mais il m'avait compris et ils n'ont pas récidivé. Ils ont cessé la guerre immédiatement. Vous pouvez prendre les numéros suivants. Parce que je les avais exécutés. Les financiers ne connaissent que l'argent. C'est au portefeuille qu'il faut les toucher. Ils sont sensibles.

Édouard Balladur : Lire la presse, ce n'est pas être informé de l'état de l'opinion, mais être informé de l'opinion des journalistes.

19

Grâce et disgrâce

Cote de popularité et sondages sont le baromètre des premiers ministres. Mais le jour où la popularité plonge est une épreuve. Édith Cresson en souffre, Alain Juppé la subit et Raymond Barre affecte de s'en moquer.

Jean-Pierre Raffarin : Pour les premiers ministres, en général, les sondages sont très utiles au début de leur mandat et ne servent à rien à la fin. Au départ, ils sont un réconfort et ils peuvent être un élément politique très important. Il est évident que, dans mon rapport de force avec Nicolas Sarkozy, j'ai construit une relation différente dès que je l'ai doublé dans les cotes de popularité. Et lorsque au début de l'année 2003, il me redouble, il en profite. Donc il est clair que le sondage, c'est un peu le carnet de notes du premier ministre. Et tous les gens qui rentrent dans le bureau ont à l'esprit : *« Il monte ou il descend. »* On ne vous demande pas comment vous allez, puisqu'on connaît votre sondage.

Pierre Mauroy : Mon extraordinaire popularité, celle de toute la gauche, a duré trois mois. C'était extraordinaire. Lorsque j'allais en province en voiture, je voyais les gens me saluer depuis les ponts enjambant l'autoroute. J'avais l'impression d'être soutenu par le peuple. Il y avait une telle attente envers nous… Ensuite, la situation économique devenant plus difficile, il a fallu resserrer les dépenses et notre popularité s'est tassée. Alors, je me suis dit qu'au moins j'étais soutenu par la gauche. Ils vous diront tous qu'ils se moquent des sondages, mais tout de même, on les attend. En tout cas, moi j'attendais la cote de confiance publiée dans *Le Figaro.* Cela ne change rien à ce que l'on a à faire. Mais cela a un petit effet, psychologiquement parlant…

Raymond Barre : Je considérais que la situation économique était telle qu'il fallait braver les réticences catégorielles des Français. Un de mes vieux maîtres, l'historien Lucien Febvre, disait que la France était un échiquier de forteresses. Je l'ai constaté tout de suite moi aussi. Pendant les huit jours où j'ai consulté tous les partenaires sociaux, c'était désolant. Aucun n'avait le sens de la situation générale, aucun ne pensait à l'intérêt national. Compte tenu de ma fonction, compte tenu de la nécessité où l'on se trouvait de redresser l'économie française, j'étais néanmoins décidé à prendre des mesures qui seraient impopulaires.

Mais il y a un élément favorable qui a joué à partir de 1977. C'est que l'action que je menais était impopulaire mais que, fondamentalement, il y avait un sentiment de confiance à mon égard. Au moment des élections législatives de 1978, les spécialistes de la communication qui travaillaient pour nous sont venus me dire : « *Il y a un slogan que vous devez utiliser : Barre, confiance. Ça marchera.* » Il fallait donner aux Français le sentiment qu'il y avait une politique, qu'elle était continue, qu'on ne cédait pas sur les décisions prises. Et peu à peu, l'opinion se disait : « *Il nous embête avec les mesures qu'il prend, mais enfin, il ne peut pas faire autrement.* » À l'époque, cependant, je n'avais pas les services de communication dantesques que les premiers ministres ont aujourd'hui. J'avais mon attaché de presse, Jacques Alexandre, et deux ou trois membres de mon cabinet qui suivaient l'évolution de l'opinion. Mon directeur de cabinet avait, à son arrivée à Matignon, créé dans quelques régions de France des petits groupes qui le renseignaient hebdomadairement sur l'état d'esprit des Français. Mais je dois dire que je n'ai jamais été préoccupé par ma popularité. Quand je lis encore aujourd'hui que j'ai été le premier ministre le plus impopulaire, que voulez-vous, cela m'amuse. L'opinion est plus fluctuante, mais aussi plus subtile et complexe à déchiffrer. Ainsi, lorsque j'ai été hospitalisé, en 1979, *Le Parisien libéré* a titré : « La France inquiète. » Et les sondages réalisés dans les quinze jours qui suivirent me donnaient une popularité extraordinaire ; personne ne s'y attendait ! D'ailleurs, lorsqu'on demandait aux Français : « *Doit-il rester premier ministre ou doit-on le changer ?* », à plus de 45 %, la réponse était que je devais rester premier ministre. C'est ce qui explique que je suis resté tout à fait indifférent à cette impopularité supposée.

Je dois dire que j'avais une chance : je n'étais pas un homme politique. Je n'étais pas accroché à ma fonction, j'étais prêt à partir à tout moment, mais pas prêt à me laisser faire parce qu'ici ou là des groupes de manifestants s'étaient rassemblés. Je me souviens d'une séance à l'Assemblée nationale où Guy Ducoloné, un député communiste charmant par ailleurs, s'est dressé pour me lancer : *« Monsieur le premier ministre, avez-vous vu la longueur du cortège qui défile dans Paris aujourd'hui et vous montre qu'il faut changer de politique ? »* Alors je me suis levé et j'ai eu la présence d'esprit de lui répondre : *« Monsieur le député, la politique du gouvernement ne se fait pas selon la longueur des cortèges. »*

Édith Cresson : Mon état de grâce a été court. À peine une semaine, peut-être. La presse a salué le fait que je sois la première femme à ce poste et, effectivement, c'est une évidence qui est difficile à contester. Voilà, c'est tout ce qu'ils ont trouvé de positif. Mais, immédiatement après, les spécialistes de la politique ont expliqué que c'était une catastrophe.

Je succédais à Michel Rocard, démissionné alors que ses sondages étaient bons. C'était donc une fantaisie du président de mettre une femme à ce poste, un coup politique, une très mauvaise chose pour la France. Ces commentaires ont vite exercé sur l'opinion publique un effet délétère tout à fait évident, et cela m'a beaucoup empêchée de travailler. J'étais obligée de prendre des mesures impopulaires compte tenu du gouffre devant lequel nous étions sur le plan financier. J'étais obligée d'appliquer des directives de l'Union européenne qui n'avaient jamais été appliquées auparavant, sous peine d'être sanctionnée par la Commission. Et j'ambitionnais une politique économique que mon propre ministre, Pierre Bérégovoy, voulait m'empêcher de réaliser. Dans ces conditions, subir constamment des attaques, essayer de les prévenir, cela ampute une part de votre possibilité de travailler. Mes collaborateurs étaient d'ailleurs dans la même situation, nous avons subi un siège en règle, nous avons eu à nous défendre constamment. J'ai eu une équipe très soudée, admirable, qui a été véritablement héroïque sous la charge qui pleuvait sur nous.

Je fais pourtant une distinction entre les élites et l'opinion publique. S'il y a une certaine misogynie dans la classe politique, elle n'est pas du tout partagée par les Français. J'avais ainsi été élue à tous les postes de la République : député, maire, conseiller général, j'avais été cinq fois ministre et je n'avais jamais rencontré ni chez mes électeurs, ni dans les milieux socio-économiques que j'avais fréquentés dans mes fonctions ministérielles, de misogynie. Cette misogynie, je ne l'ai rencontrée que dans la classe politique et dans les médias, il faut bien le dire.

Alain Juppé : L'opinion, pour tout dire, évolue. On peut vous plébisciter et le lendemain brandir votre effigie au bout d'une pique. Lorsque je suis arrivé à Matignon, ma cote de popularité était au plus haut. Trois mois plus tard, des manifestants réclamaient ma démission. Pourtant, un jour de novembre 1996, j'ai décidé d'écrire un petit livre aux Français que j'ai appelé *Entre nous.* J'avais projeté de l'écrire car un jour, rue Sainte-Catherine, à Bordeaux, en me baladant, j'ai croisé une dame qui, en me regardant dans les yeux, m'avait lancé : *« Mort aux cons ! »* Je m'étais senti visé… Vous voyez que l'on sent toujours assez précisément comme les gens vous apprécient. Je faisais beaucoup de déplacements en province, je voyais beaucoup de parlementaires. Donc, je percevais bien les choses, sans même lire les sondages. Mais il n'empêche que, le plus souvent, on se rend impopulaire tout à fait involontairement.

Par exemple, quand j'ai constitué mon gouvernement, je voulais y faire entrer beaucoup de femmes. Cela a été très difficile. Tout simplement parce qu'à l'époque – c'était avant la loi sur la parité –, il devait y avoir 10 % de femmes parlementaires, pas beaucoup plus, en tout cas dans mon parti. Très peu de femmes politiques avaient une expérience politique, un poids politique par elles-mêmes et étaient donc susceptibles d'entrer dans le gouvernement. Alors j'ai cherché ailleurs. J'ai cherché dans la société civile, j'ai cherché des femmes qui n'étaient pas connues : Corinne Lepage, avocate, Élisabeth Dufour, femme d'un diplomate, et j'ai essayé de leur donner leur chance. Dans un certain nombre de cas, je me suis trompé. Non pas que ces femmes n'aient pas été de qualité, mais certaines n'étaient pas adaptées au milieu politique et Dieu sait si on a, depuis, tenté l'expérience d'intégrer des personnes de très grande qualité venues de la société civile et qui ne s'adaptent pas bien.

Deuxièmement, j'avais nommé beaucoup de ces femmes dans le secteur social et lorsque je me suis aperçu qu'il fallait resserrer les choses pour faire les grandes réformes, femmes ou pas femmes, il a fallu que je supprime des postes. Troisièmement, et c'est cela qui a été déterminant, je voulais faire une ouverture de mon gouvernement aux balladuriens. Faire entrer de nouveaux ministres représentant cette sensibilité, Dominique Perben ou Franck Borotra. Il n'y avait pas de femmes dans le lot. Donc voilà l'équation : ne pas augmenter la taille du gouvernement, faire entrer de nouveaux ministres pour diversifier la représentativité politique du gouvernement. Résultat : c'est tombé, d'une certaine manière, sur des femmes qui avaient peu de représentativité politique. Voilà la logique du choix. De ce point de vue rationnel, cela se défendait parfaitement. Du point de vue de l'opinion publique, ce fut calamiteux. Je ne m'en suis jamais relevé et éternellement, je porterai le poids de l'éviction des « juppettes ».

Et puis, en décembre 1995, j'ai subi des manifestations, une chute spectaculaire dans les sondages, un comble d'impopularité. Tous les matins, mon fils passait en moto pour aller travailler sous une banderole : « Juppé, salaud ! » Moi, je me réveillais en entendant les manifestants scander : « Juppé, on aura ta peau ! » Pour commencer la journée, c'est stimulant... Mais on prend un bon petit déjeuner et puis on va au boulot.

Pierre Messmer : Lorsque je lançais une réforme, à l'époque, je n'avais aucune idée de la façon dont l'opinion publique la recevrait. Il n'y avait pas de sondages. Le premier choc pétrolier n'avait été prévu que par un tout petit nombre de gens, mais n'avait pas touché l'opinion publique. Mais je pensais que les Français seraient capables de comprendre et cela a été le cas. Parce qu'à cette époque les gens étaient encore pleins d'espoir, l'ascenseur social fonctionnait et il était bien plus facile de proposer le changement.

Michel Rocard : Il faut prendre en compte ce rapport à l'opinion qui est inouï. Un premier ministre, un président de la République se doit d'être – et n'est à la hauteur de sa tâche en vérité que s'il l'est – d'une froideur totale. Aucune émotion ne saurait colorer le double jugement qu'il a sur l'intérêt national. L'intérêt n'est pas la même chose que le sentiment. C'est donc une attitude de dédramatisation, de refus de l'émotion qui est la clé de la bonne gouvernance. Or l'opinion exige le contraire, c'est-à-dire des démonstrations d'émotion et de sentiments qui n'ont rien à voir avec la direction d'un pays.

Dominique de Villepin : Ce fut une épreuve. Oui, une épreuve qui a conduit ma fille à décider, alors qu'elle avait à peine 18 ans, de partir aux États-Unis. Qui a conduit mon fils aussi à faire ses études à l'étranger et ma dernière fille à s'éloigner de Paris. Oui, c'est difficile. C'est difficile parce que c'est très injuste. Il y a de fausses rumeurs, toutes sortes d'âneries qui alimentent les chroniques. Et finalement, votre popularité s'effondre sans que vous y puissiez rien.

Édouard Balladur : Si j'ai commis une erreur, sur le plan politique, c'est de penser que les sondages positifs et même très positifs dont j'ai bénéficié pendant longtemps pouvaient tenir lieu de tout. Certes, c'était important parce que ma seule force était dans les sondages. Mais le président Mitterrand ne m'était pas favorable. Les partis étaient entre les mains de deux hommes, Valéry Giscard d'Estaing et Jacques Chirac, qui, l'un comme l'autre, souhaitaient être candidats. Les parlementaires s'interrogeaient souvent pour savoir qui suivre pour garantir leur avenir. Et moi, ma seule force, c'était que l'opinion me soutenait.

20

Traverser la Seine… jusqu'à l'Élysée

À peine met-on un pied à Matignon que l'on rêve déjà de passer sur la rive droite jusqu'au palais présidentiel. Édouard Balladur explique sa tentation… et son échec. Lionel Jospin revient sur son essai manqué et ce rêve qui les a presque tous saisis de conquérir l'Élysée.

—

Édouard Balladur : J'ai commencé à penser à l'élection présidentielle lorsqu'à Matignon j'ai pu régler un certain nombre de problèmes difficiles : la crise monétaire, l'affaire du GATT, qui était une affaire très dangereuse pour les intérêts de notre pays. Et lorsque je me suis convaincu, à tort ou à raison – je crois à raison –, que la politique que je menais était la seule susceptible de sortir notre pays de la difficulté. Je me suis aussi convaincu que tous ceux qui appelaient à une autre politique – qui n'était jamais qu'un retour au passé – n'étaient pas en mesure d'armer le pays pour la difficulté et pour l'avenir.

C'est un travers, ou une tentation, je ne sais pas ce qu'il faut dire, assez classique. On a toujours tendance à penser que ce qu'on fait est ce qu'il y a de mieux à faire. On a toujours tendance à penser que celui qui est le mieux à même de faire ce que l'on veut faire, c'est soi-même. Ce qui conduit tout droit à être candidat, bien entendu.

Contrairement à ce que l'on a dit, il n'y a eu aucune espèce d'accord politique entre Jacques

Chirac et moi sur le point de savoir qui devait être candidat à la présidentielle ou premier ministre. En 1986, lorsque nous avons gagné les élections législatives, Chirac devait aller voir François Mitterrand à l'Élysée et il m'a annoncé avant de s'y rendre : *« Écoutez, je vais lui poser mes conditions et s'il ne veut pas les accepter, je refuserai et je lui conseillerai de faire appel à vous. »* Ah ! ah ! J'ai aussitôt rétorqué : *« Je vous remercie beaucoup mais cela consisterait à ce que j'accepte des conditions que vous-même jugeriez inacceptables… Il ne peut pas en être question. »*

En 1993, j'ai vu Valéry Giscard d'Estaing le jeudi qui a précédé l'élection et Jacques Chirac le samedi. L'un m'a expliqué que le choix du premier ministre n'était pas une chose faite. Je lui ai répondu : *« En effet, seul M. Mitterrand serait capable de répondre à la question. »* Et il m'a demandé à qui, éventuellement, si c'était moi, je ferais appel comme ministre des finances ou comme ministre des affaires étrangères. J'ai affirmé que je n'y avais pas réfléchi, et que, de toute manière, je n'y réfléchirais que si j'étais concerné. Le samedi, avec Jacques Chirac, cela a été différent. Il m'a refait à peu près le même discours qu'en 1986 : *« Toutes les informations que j'ai me donnent à penser que Mitterrand va faire appel à moi. Je vais lui dire non, mais je vais lui demander de faire appel à vous. »* Je lui ai aussitôt expliqué : *« Gardez-vous-en bien, car vous auriez tort. S'il fait appel à vous, il faut accepter. »* Je ne suis pas sûr qu'il croyait tout à fait ce qu'il était en train de me dire. Puis, nous avons parlé de la politique à mener. Le grand problème de l'époque, c'était l'affaire du GATT et nous avons parlé du fond des choses. Et puis, au bout d'un moment, je lui ai déclaré : « *En tout cas moi, je vous confirme quelque chose que j'ai dit plusieurs fois : je n'ai pas l'intention de me présenter à l'élection présidentielle.* » Et il m'a répété ce qu'il m'a dit bien souvent d'ailleurs et même auparavant : « *Surtout, ne le dites pas. Nous verrons bien, au moment venu, lequel de nous deux sera le mieux placé. – Bon, de toute façon, ce n'est pas dans mes intentions.* » Il m'a alors demandé : « *Si je décide de me présenter à l'élection présidentielle, est-ce que vous me soutiendrez ?* » Je lui ai répondu : « *Cela dépendra du soutien que vous m'apporterez si je suis désigné comme premier ministre.* » Et nous ne sommes pas allés plus loin.

L'idée qu'il puisse y avoir un accord qui ressemble à une sorte de marchandage où on se répartit les postes à l'avance est une idée que j'aurais trouvée profondément inconvenante. J'ajoute qu'il fallait vraiment bien mal connaître François Mitterrand pour s'imaginer qu'il se serait laissé, s'agissant de son pouvoir le plus important qui est de désigner un premier ministre, imposer une décision par deux personnes extérieures. Ce que nous étions, et Jacques Chirac et moi.

Quelques jours plus tard, juste après la photo de mon gouvernement, j'ai réuni mes ministres et leur ai demandé que personne ne prenne position sur la prochaine élection présidentielle avant le mois de janvier 1995, c'est-à-dire dans vingt mois.

Comment expliquer ma défaite ? Certains ont dit qu'il était impossible de gagner la présidentielle en étant premier ministre. Eh bien, je ne le crois pas. Évidemment, vous allez me faire remarquer que cela fait trois premier ministres candidats à la présidentielle qui ont échoué : Jacques Chirac en 1988, moi en 1995, Lionel Jospin en 2002. Mais cela ne veut rien dire. Georges Pompidou, auparavant, y était parvenu. Il est vrai que ce qui nous caractérise tous trois est d'avoir été des premiers ministres de cohabitation. Mais on peut invoquer toute une série de motifs.

D'abord, les Français avaient envie de renouveau. Ils voulaient tourner la page et, comme je l'ai dit une fois, j'étais dans la page Mitterrand. Même si l'action de mon gouvernement était très largement indépendante de lui. Deuxièmement, il est vrai qu'une campagne présidentielle nécessite une sorte d'investissement affectif et que peut-être je n'ai pas fait l'effort nécessaire à la fois de proximité et d'explication. Et puis il est vrai que parfois certains ne sont pas très sourcilleux dans les promesses. Or on peut sûrement m'adresser beaucoup de reproches, mais je ne crois pas qu'on puisse dire que j'aie jamais fait de promesses exagérées ou inconsidérées. J'avais un objectif dans cette campagne présidentielle, c'est de faire en sorte que la France puisse s'ouvrir à l'Europe et puisse s'ouvrir au monde car elle ne pouvait pas demeurer fermée et en dehors du monde et de l'Europe, et pour cela, elle devait se réformer profondément et sur tous les plans. Et je n'ai cessé de le dire et d'appeler à l'effort. Ce n'est évidemment pas très populaire.

Et puis, il est arrivé quelques manœuvres de bas étage comme il s'en produit parfois. J'ai buté sur l'affaire Schuller-Maréchal. J'avais pourtant interdit que l'on fasse une écoute téléphonique sur le juge Halphen, mais il paraît que lorsqu'il y a urgence, pendant le week-end, on n'informe pas Matignon. Bref, je me suis retrouvé à démentir le dimanche soir que l'on ait pu écouter le juge et à devoir reconnaître le lundi que c'était vrai.

Cela étant dit, ça s'est joué à très peu de chose finalement, mais enfin, ça s'est joué ainsi et on en a tiré la conclusion qu'on ne pouvait pas, si on était premier ministre, gagner une élection présidentielle. Je crois que c'est tout à fait faux et qu'en certaines circonstances, on le pourrait parfaitement. Je ne découragerais aucun premier ministre de poser sa candidature à l'élection présidentielle s'il estime avoir quelque chose à dire aux Français et s'il a une ambition à leur offrir.

Pierre Messmer : L'expérience prouve que le premier ministre en exercice ne devient jamais président de la République. Tout simplement parce qu'on termine cette mission usé, politiquement et physiquement. Jacques Chaban-Delmas mourait d'envie d'être président de la République et il pensait sincèrement, mais à tort, qu'il avait de très grandes chances. Il était trompé par les sondages, car il confondait les sondages de sympathie qui lui étaient extrêmement favorables, avec les sondages d'intentions de vote, qui l'étaient beaucoup moins. Il s'est tout de suite déclaré, avant même que Georges Pompidou fût enterré, devant l'Assemblée nationale, ce qui le mettait le dos au mur. Il m'a affirmé immédiatement et plusieurs fois qu'il ne se retirerait jamais. Alors que Valéry Giscard d'Estaing m'a déclaré : *« Si vous êtes candidat, je n'y vais pas. »* Mais comme Jacques Chaban-Delmas a maintenu sa candidature, je dirais envers et contre tout, eh bien, je n'ai pas voulu être candidat. Mon analyse était très simple : les deux anciens premiers ministres de Georges Pompidou, l'un contre l'autre, cela nous condamnait tous les deux à l'échec. Et François Mitterrand aurait été élu sept ans plus tôt.

Lionel Jospin : Je ne crois pas aux lois en politique. Je pense qu'il y aura forcément un jour, si on ne change pas les institutions (et je souhaiterais personnellement qu'on les change), où un premier ministre en poste à Matignon se présentera à l'élection présidentielle et deviendra président de la République. Je ne vois aucune loi qui s'oppose à cela. Je pense même que j'aurais pu être le premier. Et que si la majorité plurielle ne s'était pas défaite avec tant de légèreté, d'irresponsabilité et, au bout du compte, de masochisme, nous aurions pu effectivement gagner l'élection présidentielle. Et j'aurais pu, de premier ministre devenir président de la République... Mais vous savez que cela ne s'est pas produit...

Michel Rocard : Personne à Matignon, aucun premier ministre, vieux, jeune, homme, femme, quel que soit son destin politique, n'échappe au fait que la presse le suspecte d'être candidat à l'étage au-dessus. Vous êtes à Matignon, vous faites quelque chose, c'est parce que vous êtes candidat à la présidentielle ; vous ne faites rien, c'est parce que vous êtes candidat à la présidentielle. C'est irréfutable et totalement absurde, mais absolument constant et désespérément usant. C'est d'ailleurs l'un des mécanismes d'érosion du pouvoir politique et de la confiance que méritent ceux qui l'exercent puisque nous travaillons sous suspicion permanente, quoi qu'on fasse. Il n'y a pas de bonne solution.

Dominique de Villepin : La question n'est pas de savoir si j'avais une ambition présidentielle, la question était de savoir si d'autres m'en prêtaient. Manifestement, Nicolas Sarkozy m'en prêtait. C'est en tout cas le sens de beaucoup d'entretiens que j'ai eus avec lui.

Jean-Pierre Raffarin : Pour beaucoup d'ambitions, Matignon est un point de passage. Michel Rocard ou Jacques Chirac ont été préparés à un moment pour aller à Matignon et Matignon a constitué une étape dans leur ambition politique. Je ne sais pas si, pour Édouard Balladur, Matignon a été une étape, mais il y avait une cohérence entre l'exercice de Matignon et son ambition présidentielle qui s'y est affirmée. Et puis, il y a des gens qui représentent, à un moment, la bonne personne pour apporter un renouveau et répondre au souhait du président de la République.

Dès mon arrivée, on m'a posé la question. Dès le début, j'ai répondu non. Comme j'ai décidé d'être loyal à Jacques Chirac, je n'ai pas voulu être candidat à l'Élysée. Je l'avais décidé comme une éthique personnelle. Alors, il y a des gens qui vous disent en permanence, pour vous faire plaisir : *« Mais vous seriez un président formidable ! Vous avez les rondeurs nécessaires, vous avez la modération nécessaire, mais c'est vous qu'il nous faut ! »* J'ai appris à me méfier beaucoup des critiques mais aussi des flatteurs.

Alain Juppé : Un jour où c'était particulièrement difficile à Matignon, j'étais dans l'escalier de l'Élysée, après un entretien avec Jacques Chirac. Je venais de quitter son bureau et il m'a lancé : *« C'est dur, hein ? »* J'ai soupiré : *« Oui, c'est dur. »* Et le président a souri : *« Vous verrez, on est bien mieux ici. »*

21

Démission

Michel Rocard est renvoyé dans ses foyers, Édith Cresson doit laisser son rival Bérégovoy la remplacer, Pierre Mauroy renonce malgré le désir du président de le garder, Raymond Barre, Jean-Pierre Raffarin, Dominique de Villepin voient l'échéance arriver en même temps que la défaite électorale.

Michel Rocard : Quand le président a voulu se débarrasser de moi, il l'a fait à grand coût parce que j'étais encore à 50 % d'opinions favorables dans les sondages. Je crois bien avoir été le premier ministre le plus populaire au moment où ses fonctions ont pris fin.

Un matin, le publicitaire Jacques Séguéla, que je connaissais mal mais qui était un proche de Mitterrand, est interrogé par Jean-Pierre Elkabbach sur les ondes d'Europe 1. Le thème de l'interview ? *« Que pensez-vous de la longévité du premier ministre ? »* Et il répond tout de go, en substance : *« Tel que c'est parti, ça ne peut pas durer longtemps. – Quand doit-il partir ? – Il ne passera pas l'été. »* Évidemment, cela fait aussitôt événement. Évidemment aussi, tout le monde a compris qu'il sait parfaitement ce qu'il fait et Elkabbach aussi. Mesdames et messieurs les journalistes, c'est vous qui faites la politique en France, il faut le savoir ; maintenant, il n'y a plus là-dessus à tergiverser et je ne demande que la lucidité du diagnostic. Parce que évidemment, le lendemain, il y a conseil des ministres et j'arrive chez le président.

Je débute l'entretien ainsi : « *Monsieur le président, je voudrais vous demander la permission d'explorer la possibilité d'un petit remaniement ministériel. Nous avons deux, trois ministres qui n'ont plus le moral, untel n'est pas très bon, certaines personnalités sont montées, etc.* » François Mitterrand me regarde et rétorque : « *Vous avez raison, c'est vrai qu'on pourrait remanier quelques ministres. Mais de fait, la situation est plus compliquée et si je dois changer, je change tout.* » Tout. Je comprends... Alors très souriant, parce qu'il est affable et très courtois, cet homme – toutes ses conversations sont exquises, sur le plan littéraire notamment –, il précise : « *Il faut comprendre, c'est insupportable, ces rumeurs de désaccord entre vous et moi !* » Je commence à rigoler franchement : « *Monsieur le président, oui, c'est tout à fait insupportable. Je pense que les conditions pour qu'elles cessent ne sont pas très difficiles à remplir mais elles dépendent plus de vous que de moi.* » Il fait alors mine de soupirer : « *Oui..., c'est vrai mais il y a un problème tout de même. Vous avez entendu ce qu'a répondu Jacques Séguéla... On ne peut pas laisser les choses comme ça, il faut donc les régler.* » Je conclus très simplement : « *Monsieur le président, je suis très sensible à ce que vous vous honoriez de ces considérants, il est dans la Constitution que vous décidez ce que vous voulez quand vous voulez et que vous n'avez pas à motiver.* » Et j'ai droit à cette tirade : « *Monsieur le premier ministre, le gouvernement a bien travaillé ; l'état de l'opinion par rapport à vous et ce que vous avez fait m'amène à penser qu'il vaudrait mieux que je vous confirme et d'ailleurs ce serait plein de sagesse,* commence-t-il. *Ce gouvernement est loin d'avoir démérité. Mais, n'est-il pas vrai, nous sommes des gens sérieux, si je vous confirme, c'est jusqu'aux élections législatives, bien entendu. Ce n'est pas pour quinze jours, c'est pour deux ans. Or la seule chose que je désapprouve vraiment chez vous, c'est ce goût permanent de la négociation et de la recherche du compromis. Ce n'est pas comme ça qu'on gagnera les législatives...* » Je n'ai pas eu droit à la formule qu'il lancera ensuite, quinze jours après ma démission : « *La France a besoin d'un débat fracassant.* » Mais il poursuit : « *Par conséquent, je ne vais pas vous confirmer. Donc vous me donnez votre démission. – Heu... quand ? monsieur le président ? – Bah, ce matin.* » Ah bon ! Il est 9 heures et demie du matin, le conseil des ministres doit avoir lieu à 10 heures. Je l'interroge donc : « *Alors, nous prévenons le conseil des ministres ?* » Et il a cette réponse stupéfiante et superbe : « *Mais non, ça ne le regarde pas !* »

J'ai donc assisté à mon dernier conseil des ministres sans même ouvrir mes dossiers, sans que les ministres se doutent de quoi que ce soit. Puis je suis parti à Matignon rédiger et signer ma lettre de démission... Je pense avoir battu ensuite le record de rapidité quant à la durée qui sépare l'heure de signature et d'envoi de la lettre de démission de l'heure du départ de la dernière caisse d'archives ou d'affaires personnelles de la rue de Varennes. Soit dans mon cas : vingt-sept heures. C'est vous dire que l'ambiance n'était pas à faire de vieux os dans ce climat.

Édith Cresson : François Mitterrand n'a évoqué devant moi l'hypothèse de ma démission qu'à la toute fin. Il y avait eu des élections cantonales et régionales et j'étais candidate à Châtellerault aux cantonales. Il m'avait seulement glissé : *« Si vous n'êtes pas élue à Châtellerault, ce sera ennuyeux. »* J'ai été élue, difficilement je dois le dire, mais enfin, j'avais rempli mon contrat sur cette exigence très légitime du président. D'une façon plus générale, les élections ont été désastreuses pour le Parti socialiste et une très puissante campagne d'intoxication a débuté auprès de l'Élysée pour réclamer ma démission.

Le jour où il s'est décidé, je m'étais rendue à la foire de Hanovre, où j'étais invitée par le chancelier Helmut Kohl. Évidemment, les journalistes étaient à l'affût, il y avait des caméras partout pour essayer de guetter le moindre signe de faiblesse de ma part et toute la presse avait en tête, bien sûr, le résultat des élections. J'ai fait mon discours à la foire de Hanovre, et, pendant le déjeuner, une collaboratrice du président, Anne Lauvergeon, m'a appelée : *« Voilà, on s'oriente vers un gouvernement Bérégovoy. »* Dès mon retour à Paris, je suis donc allée voir le président qui m'a seulement dit : *« Heu… oui, ça va très mal. »* Il paraissait manifestement malheureux et je l'ai vu dans une sorte de désarroi. Je n'ai pas évoqué mon départ, mais seulement rendu compte des dernières décisions qui avaient été prises. Le lendemain, juste après le journal de 20 heures, il m'a téléphoné à Matignon et m'a demandé d'envoyer ma lettre de démission pour le lendemain matin.

J'ai rédigé cette lettre avec mon chef de cabinet, François Lamoureux, et c'est lui qui l'a portée. Je tenais à dire clairement que j'avais été empêchée d'exercer mes fonctions puisque je n'avais pas eu le plein soutien ni du Parti socialiste ni du président. François Mitterrand ne m'avait pas du tout dit qu'il avait choisi Pierre Bérégovoy et d'après ce que j'ai appris par la suite, il n'a même pas annoncé, lorsqu'il a convoqué Bérégovoy : *« Je vous désigne comme premier ministre. »* Non, il lui a seulement lancé : *« Voilà, vous allez composer le gouvernement. Nous allons composer le gouvernement. »* Je sais d'ailleurs que Bérégovoy en a été très amer. Il aurait voulu que le président lui dise : *« Voilà, c'est vous que j'ai choisi. »*

Aurais-je aimé rester ? On n'aime jamais rester dans une vie intenable, impossible. D'un autre côté, c'est un peu humiliant d'être révoqué sans raison. Mais j'en ai pris mon parti. J'avais fait tout ce que, humainement, on pouvait faire. J'avais résisté aux pires attaques, j'avais tenu le choc. Et au fond, après cette succession quotidienne d'attaques, cela a été aussi une libération que de partir.

Pierre Mauroy : Le jour de ma démission est indissolublement lié, dans ma mémoire, au 14 juillet 1984. Puisque le président avait décidé de retirer le projet Savary sur l'école privée, après la grande manifestation de Versailles, il m'était impossible de rester. Je me revois, ce jour-là, aux Champs-Élysées, au côté du président de la République, regardant les hommes et les chars arriver jusqu'à nous comme une vague. J'étais plongé en moi-même : *« Voilà, c'est terminé... »* Le mardi suivant, cependant, nous avons pris, François Mitterrand et moi, notre petit déjeuner en tête à tête, comme nous en avions l'habitude. Et je lui ai redit : *« Je m'en vais. Je ne reviendrai pas sur ma décision. »* Nous avons alors passé un excellent moment, en parlant d'autre chose, de la pérennité des relations exceptionnelles que j'avais avec lui. Nous faisions traîner ce petit déjeuner et je me souviens que les collaborateurs du président passaient une tête : *« Monsieur le président, vous devez désigner le premier ministre pour les médias de 13 heures... »* Il paraissait ne pas s'en soucier. Mais il a fallu pourtant se rendre à l'évidence et nous nous sommes levés. Alors là, ça a été rapide et d'une extrême violence émotionnelle. Je n'ai pas su lui parler, il n'a pas su quoi me dire. Nous nous sommes poussés vers la porte et je suis parti. L'un de ses collaborateurs m'a rapporté ensuite qu'il avait eu les larmes aux yeux et avait confié que cela avait été l'un des moments les plus émouvants de sa carrière politique.

Raymond Barre : Mon dernier jour à Matignon est d'abord marqué par une certaine tristesse. L'échec du président de la République me paraissait grave pour le pays car j'ai été et je reste convaincu que le septennat de M. Giscard d'Estaing aura été d'une grande importance pour la modernisation de la France.

Évidemment, je n'ignorais pas une certaine dérive monarchique. Dans son bureau, le président avait ainsi fait accrocher le portrait de Mme de Pompadour. Les magazines le représentaient avec une couronne royale sur la tête. Pendant la campagne présidentielle, j'avais appris que le président avait fait mettre, sur la tribune d'une de ses réunions électorales, dans la banlieue parisienne, deux fauteuils rouges sur un podium, un pour lui et un pour Mme Giscard d'Estaing. Les autres intervenants étaient à ses pieds. J'avais immédiatement suggéré à ses conseillers d'éviter ce genre de maladresse. Giscard avait au fond un sens très élevé de sa fonction, instaurant une monarchie républicaine après la monarchie royale. Sa déception, après son échec, a été d'autant plus grande. Mais il était surtout blessé d'avoir été la victime de la trahison de Chirac.

Au lendemain de la présidentielle, j'ai donc rédigé une déclaration dans laquelle je condamnais ceux qui avaient joué à quitte ou double la Ve République. Certains ont jugé que je n'aurais jamais dû dire cela, qu'il fallait faire l'union pour les législatives… J'ai aussi affirmé que si le nouveau gouvernement appliquait le programme commun socialo-communiste, la France irait vers une situation extrêmement périlleuse et que je ne donnais pas trois ans avant qu'on soit obligés de revenir à la politique qui avait été la mienne. Je suis assez content de ce texte parce que, lorsqu'on le relit de nombreuses années après, on s'aperçoit que je n'ai pas commis d'erreur de jugement. Tout s'est produit, y compris en 1983, l'acceptation par Mitterrand du système monétaire européen et le retour à une politique qui n'était pas différente de la politique que j'avais faite.

Et puis j'ai mis en ordre mes affaires, attendant le mercredi matin où je suis allé à l'Élysée remettre la démission du gouvernement au président de la République. Je fus chargé d'expédier les affaires courantes jusqu'au moment où lui-même quitterait l'Élysée. La gauche a beaucoup dit qu'elle n'avait trouvé en arrivant que des tiroirs vides et pas même un crayon. C'est idiot et mensonger. Les dossiers sont tous disponibles aux Archives nationales et nous avons accepté l'alternance de façon républicaine.

Jean-Pierre Raffarin : Nous avions senti, dans les semaines précédentes, que le référendum sur la Constitution européenne se solderait par une victoire du « non ». J'avais donc affirmé à Jacques Chirac mon souci de partir, à la fois pour des raisons personnelles et pour des raisons politiques. Le président s'est montré assez réticent pendant quelques jours et m'a plusieurs fois laissé penser qu'il souhaiterait que je reste au moins jusqu'à la fin de l'année 2005, de sorte qu'on change simplement pour la dernière phase, la préparation de l'élection présidentielle. Le jour du référendum, nous en parlons encore. Et ce n'est que le soir que l'hypothèse apparaît très clairement, si ce n'est décidée, du moins très probable. Là, nous commençons à parler de la succession. J'ai dit au président ce que j'en pensais et notamment de Dominique de Villepin. Et nous convenons d'en reparler le lendemain matin. Je rentre à Matignon, nous étions donc dimanche soir. J'étais convaincu, désormais, que je partirais et j'attends donc avec sérénité le rendez-vous du lendemain matin pour parler avec le président. Nous avons mis au point ensemble, le lendemain, la procédure et ma lettre de démission et je lui ai demandé l'autorisation de faire une déclaration devant Matignon, parce qu'il y avait un certain nombre de choses que je voulais dire. Il m'a fait remarquer que ce n'était pas l'usage, même si lui-même, en 1976, avait fait une déclaration, mais il m'a donné l'autorisation.

C'est un moment de très grande émotion que de quitter Matignon. Naturellement, les gens souffrent pour vous mais ils souffrent aussi pour eux parce que c'est la fin d'un moment où ils ont vécu ensemble. Ils ont vécu des moments tellement intenses, il y a tellement de charge, d'exigence personnelle, de dépassement de chacun, d'œuvre collective que chacun est très marqué. Les gens voient ça comme une sorte d'arrachement à une entité qui s'est contruite. Ma femme, Anne-Marie, a été formidable, très sereine. Elle était très aimée à Matignon, parce qu'elle était très attentive, s'était battue pour qu'il y ait un ascenseur pour les handicapés, elle s'était montré généreuse, disponible, facile à vivre et elle a pris en main l'organisation générale du départ pour que ce soit à la fois humain, personnel mais en même temps maîtrisé et pas trop centré sur ma seule personne.

La passation de pouvoir avec Dominique de Villepin a été un moment délicat. Parce que au fond, le premier ministre qui arrive suscite un peu l'hostilité de toute la cour de Matignon. La cour de Matignon, où sont les membres du cabinet du sortant, est de cœur avec celui qui part. Il est arrivé et est sorti de sa voiture, sans un applaudissement... Et lorsque notre entretien s'est terminé, que nos destins se sont séparés, je suis sorti sous les regards de mes collaborateurs et j'ai senti une tendresse qui m'a beaucoup touché. J'ai pris Anne-Marie par la main, nous sommes montés dans la voiture et avons regagné notre appartement à Paris. Je dois dire que je m'étais préparé à cet instant la veille, en allant dîner avec mes amis Dominique Bussereau, Axel Poniatowski et quelques autres proches et que j'était retourné ensuite dormir à mon domicile, afin de retrouver les marques qui étaient les miennes.

Dominique de Villepin : Nicolas Sarkozy avait été élu quelques jours auparavant et nous avions discuté tous les deux, la veille de la passation de pouvoir avec mon successeur François Fillon, du gouvernement qui allait être nommé. Ma démission n'était qu'une formalité, puisque depuis plusieurs semaines, Jacques Chirac préparait son départ et, naturellement, moi aussi. Ma femme, Marie-Laure, a eu l'esprit de porter ce jour-là une veste sur laquelle était écrit en toutes les langues « au revoir, bye-bye, ciao… »

La passation de pouvoir s'est plutôt bien passée, même si les images donnent le sentiment que nos rapports avec Fillon étaient froids, ce qui n'est pas tout à fait faux puisque je ne l'avais pas repris dans mon gouvernement. Mais j'ai transmis à François Fillon, et c'était une première, un dossier très complet sur les grandes actions gouvernementales en cours, et sur ce qui nous paraissait les points les plus difficiles, les plus délicats de l'action publique. Bruno Lemaire, mon directeur de cabinet, a fait de même avec le directeur de cabinet choisi par François Fillon. Donc, du point de vue du fonctionnement de l'État, les choses se sont très bien passées.

Dès que nous avons quitté l'hôtel Matignon, j'ai tout de suite décidé d'emmener mon épouse déjeuner au restaurant. Et descendant dans la rue, j'ai éprouvé exactement le même sentiment que doit éprouver quelqu'un qui a été privé de liberté pendant très longtemps. J'avais dit aux officiers de sécurité : *« Écoutez, quartier libre, allez vous reposer. »* Nous marchions donc seuls. Le bonheur que l'on peut éprouver à marcher seuls dans la rue pour aller faire quelque chose d'ordinaire, aller manger une soupe et un plat de pâtes, vous n'imaginez pas !

C'est ce qui ne vous est pas permis à Matignon : la vie ordinaire, la vie simple, sans de multiples regards qui se portent sur vous. Le fait de pouvoir se fondre dans une foule, de pouvoir avancer comme tout un chacun, j'en ai été enchanté…

22

Après l'épreuve…

Les courtisans se détournent, l'agenda se vide et, soudain, il n'y a plus de sollicitations. Alors, on dort, on fuit et on récupère ses vrais amis.

Pierre Mauroy : Quand on quitte Matignon, on a cette impression vraiment très curieuse qu'il faut organiser sa décompression. C'est un choc, ce désœuvrement… Je n'avais pas envie de rentrer à Lille, la ville dont j'étais le maire, ni même de partir en vacances. En fait, je voulais rester à Paris. Être à Paris, c'était encore être un peu aux affaires. Cela me protégeait de rester dans la capitale, de saluer les gens dans la rue. Comme jusque-là, j'avais habité Matignon, mes collaborateurs m'ont trouvé un appartement à louer, près du pont de l'Alma. J'ai demandé si je pouvais aller à la piscine du camp militaire de Satory. J'y ai passé tout l'été. Cette piscine m'a lavé de tous mes soucis. J'ai appris à nager à mon petit-fils. Quand je suis revenu à Lille, pourtant, j'étais en manque d'idées. Tout me paraissait faible, j'avais l'impression de redescendre un échelon. Et puis, en quelques mois, cela m'a au contraire donné un courage et une ambition extraordinaires : j'ai lancé Euralille et le TGV.

Raymond Barre : Si vous retrouvez des photos de l'époque, le jour où j'ai quitté Matignon, je souriais. J'avais l'impression de retrouver ma liberté. Un chauffeur m'a ramené chez moi vers 16 h 30, après la passation de pouvoir. Je suis alors allé chercher ma voiture personnelle : je n'avais pas conduit depuis cinq ans. Et je suis parti seul dans Paris. J'ai fait un grand tour, passant par tous les coins que j'aime : les quais de la Seine, Neuilly, le Louvre. Aux feux rouges, les gens me reconnaissaient et me faisaient des signes, moi qui avais connu l'impopularité. Alors je me suis dit : *« Voilà, je reprends enfin contact avec la réalité. »* À Matignon, je dis souvent qu'on est dans un état de lévitation. On doit vivre à un niveau qui n'est pas le niveau normal. Et il faut du temps pour se réadapter.

Laurent Fabius : Je n'ai pas eu ce que d'autres collègues ont connu, je pense notamment à Pierre Bérégovoy, c'est-à-dire l'angoisse de la page blanche. Quand vous passez d'une hyperactivité à rien du tout, que les gens qui vous saluaient avec déférence vous considèrent comme une crotte de bique, en particulier vos amis… Non, je n'ai pas connu ça, mais cela tient aux circonstances : nous pressentions qu'à la présidentielle de 1988, deux ans après, nous reviendrions au pouvoir. J'ai vu en revanche les ravages de la défaite et de la dépression, en 1993, lorsque le gouvernement de Pierre

Bérégovoy a été battu. Ce fut une défaite extrêmement lourde, extrêmement difficile. Et je crois que je peux dire qu'en partie Pierre en est mort.

Pendant la campagne électorale, il avait été très attaqué pour cette histoire de prêt gratuit et il en avait été profondément blessé. Mais Pierre a été surtout très affecté par les résultats électoraux. Il se chargeait personnellement de la défaite, à tort. Il a aussi été très meurtri par le comportement tout à fait révoltant de certains membres du Parti socialiste qui, la veille ou l'avant-veille, lui mangeaient dans la main et qui, le lendemain, ne le reconnaissaient plus. Je me souviens d'une scène particulièrement pénible où il est intervenu dans un comité directeur du Parti socialiste. Quinze jours avant, il était premier ministre. Là, il a commencé à parler, et la moitié de la salle bavardait. On ne l'écoutait plus. C'était un homme très fin, il sentait tout cela. Et je crois qu'il a fait une dépression au sens médical du terme. Nous avons été plusieurs à l'entourer mais nous avons tous commis l'erreur de ne pas l'obliger à aller à l'hôpital pour être suivi médicalement. Et le 1er mai, dans sa bonne ville de Nevers, il s'est suicidé.

Michel Rocard : Vous avez travaillé pendant trois ans 80, 90, 95 heures par semaine. Tous les soirs, les week-ends. Vous n'avez pas eu le temps d'aller faire les courses, tout cela est fait par d'autres, vous avez été cocoonné comme pas possible. Vous avez été

– c'est absolument nécessaire – protégé de tout. Avec des secrétaires, des petites mains et des assistants dans tous les coins, et puis, du jour au lendemain, plus rien.

Le lendemain de mon départ, je n'avais même plus un bureau où aller. Puisque je n'avais plus l'usage de mon ancienne permanence, je suis retourné dans mon bureau municipal. J'étais toujours maire de Conflans mais, pendant mon absence, le bureau du maire avait été utilisé à d'autres fonctions, puisque je l'occupais à peine un soir par mois. Ma secrétaire, à la mairie, travaillait pour les adjoints qui avaient pris les fonctions en charge. Bref, je n'étais plus attendu. Alors, j'ai lu le journal.

Évidemment, c'est un choc psychologique majeur et la grande déprime est possible. Ma chance est qu'un vieil ami est venu me trouver trois ou quatre jours après et m'a dit : « *Michel, il ne faut pas rester comme ça, ce n'est pas possible. Il se trouve que je dispose d'un bateau en Méditerranée. Trois semaines de croisière, partez.* » Je suis parti en bateau. J'ai emporté l'*Odyssée* d'Homère. Et nous avons fait le tour de la Méditerranée occidentale par les îles, sur les traces d'Ulysse, voilà…

Alain Juppé : Mes collaborateurs m'ont fait un cadeau qui m'a profondément touché, ils m'ont offert huit jours à Venise. Donc, je suis parti avec Isabelle et notre petite fille, Clara, à Venise et cela a pansé une bonne partie des plaies que j'avais.

Mais même quand on brûlait mon effigie en place publique, toutes les semaines, j'ai tenu. J'ai dit un jour à Raffarin, qui a fait la même expérience : « *Tu verras, on ne sent rien.* » Cela ne sert à rien de se morfondre. C'est vrai que j'ai eu une traversée du désert. Mais j'étais maire de Bordeaux et je me suis replié dans ma ville. J'y ai fait beaucoup de choses intéressantes et j'ai évité la dépression.

Jean-Pierre Raffarin : Lorsqu'on part de Matignon, on voit très vite que l'on sort de l'actualité et que c'est votre successeur qui prend toute la lumière. La fatigue se fait sentir. L'immédiat, c'est d'abord de penser à un certain nombre de collaborateurs : les directeurs de cabinets s'affairent, chacun a son statut, sa perspective et il faut éviter qu'il y ait des gens en difficulté. Anne-Marie, ma femme, avait été très éprouvée au fond, et lorsque j'ai vu que les choses étaient bien prises en main, j'ai décidé brutalement de partir en vacances et de quitter la France. Nous avions besoin de prendre l'air, de dormir surtout, de nager et d'être à nouveau ensemble comme un vrai couple. J'ai appelé Henri Giscard d'Estaing, qui est un de mes proches et préside le Club Med et il nous a proposé quelque chose de très bien, mais il fallait attendre quatre ou cinq jours. Je n'en pouvais plus et nous sommes partis dès le lendemain en Crète dans un hôtel très agréable au bord de l'eau pour être en paix.

Il se trouve que le restaurateur parisien Jacques Le Divellec, un de mes amis, a vu dans la presse que j'étais là-bas, a appelé le directeur de cet hôtel et à partir de ce moment-là, on s'est occupé de nous avec tendresse, malgré la présence de quelques paparazzi qui de temps en temps essayaient de voler une photo. Ensuite, nous sommes allés marcher à Combloux, au pied du Mont-Blanc. Cela m'a permis de tenir. Je n'ai eu ni dépression, ni impression de vide, car j'avais une élection sénatoriale en perspective. Et quand vous avez une élection, vous êtes toujours tendu, il n'y a pas de relâchement. Mes électeurs m'ont reconduit comme sénateur avec exactement le même nombre de voix plus une. C'est cette continuité qui m'a donné chaud au cœur.

Dominique de Villepin : Le premier ministre qui sort touche pendant six mois ses émoluments, mais après il faut se retourner. Du jour au lendemain, il a fallu inventer une nouvelle vie. J'ai choisi de ne pas revenir au ministère des affaires étrangères et j'ai décidé de devenir avocat, de continuer à écrire, de faire des conférences. Mais il faut se prendre en main. Vous n'avez pas le temps de vous morfondre, donc j'ai fait l'économie d'une dépression nerveuse. Je n'ai pas eu à lécher mes plaies parce qu'il a fallu se battre tout simplement pour trouver une nouvelle activité. J'étais dans une position singulière : bien que premier ministre d'un gouvernement de droite précédant un nouveau gouvernement de droite et un président qui appartenait à ma famille politique, j'étais montré du doigt, poursuivi dans l'affaire Clearstream à laquelle j'ai dû consacrer du temps, de l'argent et de l'énergie pour me défendre. Et ce défi a renforcé encore l'obligation où j'étais de me refaire.

Édouard Balladur : J'ai commencé par prendre des vacances, ensuite je me suis fait réélire député et j'ai continué à travailler comme j'en ai toujours eu le goût d'ailleurs, à réfléchir à un certain nombre de problèmes – sur la monnaie internationale, sur l'emploi, sur la réforme judiciaire. C'est un peu une vie d'intellectuel, si je puis dire. Mais c'est une vie qui est libre. Et c'est ce qui est important. La liberté de la vie et la liberté de l'esprit.

Édith Cresson : Je sais que beaucoup de premiers ministres ont dit ou écrit qu'ils avaient subi une phase de dépression, qu'ils tournaient en rond, qu'ils ne savaient plus où ils étaient, en sortant de Matignon. Cela ne m'est pas du tout arrivé. D'abord parce que j'ai une famille qui m'a toujours soutenue et parce que j'avais un travail qui m'attendait. J'avais créé une société pour aider les entreprises françaises à exporter dans les pays de l'Est. En sortant de Matignon, mon mari m'a emmenée au

Sénégal et en Arizona : j'avais besoin de voir des déserts…

Mais après un temps de repos, je me suis rendue dans les bureaux de cette société que je présidais et j'ai continué à m'en occuper. Les ors de la République ne m'ont jamais manqué. Souvent, les hommes politiques sont très attachés aux signes extérieurs du pouvoir : les motards, les dorures, les lustres, les réceptions, les tapis rouges. J'ai beaucoup aimé cette période de reconversion. Bien sûr, Matignon est une expérience inoubliable. Mais moi qui n'étais déjà pas très optimiste sur la nature humaine, là, j'ai été édifiée.

J'ai eu, c'est vrai, une rancœur passagère contre le président, mais elle n'a pas duré. D'abord, parce que François Mitterrand était gravement malade. Je lui ai d'ailleurs écrit une lettre quand il a été opéré. Et puis, je l'ai revu quelques mois plus tard, car il a tenu à me faire participer à des missions dont j'avais initié les premiers pas. Mais ensuite, je dois dire qu'il m'a écrit trois fois et que je ne lui ai pas répondu.

Enfin, tout à fait à la fin de sa vie, je suis allée le voir rue Frédéric Le Play où il habitait. Il recevait très peu de monde, à peine deux par jour. Il était couché. J'ai eu une conversation avec lui et nous avons reparlé de tout cela. Et je pense que nous nous sommes quittés en paix.

23

Changer la règle

La Constitution n'a jamais tout à fait tranché entre les deux têtes de l'exécutif. Et chacun tire des conclusions différentes de son passage à Matignon. Faut-il donner tout pouvoir au premier ministre, n'en faire qu'un super-directeur de cabinet du président, ou tout bonnement le supprimer ?

Édith Cresson : Faut-il un premier ministre ? Après tout, on pourrait fort bien imaginer que le président de la République s'occupe lui-même du gouvernement et mette en marche la politique qu'il a définie avec le parti majoritaire. On pourrait l'imaginer. Je pense toutefois que la fonction de premier ministre n'est peut-être pas inutile. Si le général de Gaulle l'a souhaitée, c'est justement que, sachant la France très difficile à gouverner, il a senti qu'il fallait une sorte de fusible entre le président de la République et le peuple.

Toutefois, je pense qu'il faudrait tempérer et améliorer la situation, non pas tant pour la personne du premier ministre que pour le fonctionnement même de la République. Il serait donc utile qu'il n'y ait pas de divorce entre le Parlement et le président de la République. Pas de séparation. Or jusque-là dans la Constitution, le président ne rencontrait pas officiellement les parlementaires. Il n'avait pas à aller à l'Assemblée nationale. Je considère au contraire que le président de la République devrait pouvoir s'exprimer une fois par an, peut-être deux fois, mais enfin au minimum une fois par an devant le Parlement pour dire quelle est la politique qu'il souhaite pour la nation. De même que le président des États-Unis fait une fois par an un discours sur l'état de l'Union, pourquoi est-ce que le président de la République ne ferait pas devant les assemblées un discours sur la façon dont il voit l'orientation future du gouvernement ? Ce serait, je crois, une très bonne chose.

François Fillon : En réalité, ce qui est difficile dans le fonctionnement des institutions de la Ve République, c'est une énorme ambiguïté qui a été voulue : c'est que le président de la République est de toute évidence, sauf cohabitation, le véritable patron dans la mesure où il a la légitimité la plus forte, où il est au sommet de la chaîne hiérarchique. Au fond, c'est lui qui exerce le pouvoir et l'autorité. Mais le premier ministre, lui, est responsable devant le Parlement. Et le président de la République ne l'est pas.

Le premier ministre est donc sans cesse pris entre ces deux contraires, enfin entre ces deux difficultés : mettre en œuvre la politique du président de la République et en même temps répondre personnellement de sa politique. C'est à lui que l'on pose la question : *« Avez-vous réussi ou pas ? Avez-vous bien fait les choses ou pas ? »* Et puis, c'est à lui que revient le rôle d'adapter la politique que le président de la

République souhaite à celle que le Parlement désire. Parce que même si sous la Ve République, la majorité est assez disciplinée, assez soumise, en réalité, il y a tout de même toujours, et sur tous les sujets, des parlementaires de la majorité qui ont des idées à défendre et ne veulent pas se laisser imposer la vision du président de la République et du gouvernement.

Avec un président de la République très engagé, très volontariste, qui veut faire les choses très vite, le premier ministre se trouve dans une situation un peu délicate. J'ai dû ainsi, au fond, écarter les deux contraintes qui pesaient sur moi pour trouver un mode de fonctionnement qui convienne.

Beaucoup de gens pensent que la France est un pays qui ne pourrait pas supporter la présidentialisation du régime parce que c'est un pays dont le mode de fonctionnement politique est trop violent, trop heurté, trop brutal. Les adversaires de la présidentialisation font valoir que celle-ci offrirait un risque d'avoir en permanence des majorités parlementaires opposées au président de la République et donc une paralysie de nos institutions. Je comprends cet argument mais je n'arrive pas à l'accepter totalement parce que je n'arrive pas à accepter totalement l'idée que les Français seraient génétiquement incapables de faire fonctionner une démocratie normale. Qu'est-ce qu'une démocratie normale ? C'est un régime parlementaire, avec un premier ministre qui est le chef du parti majoritaire : c'est ainsi que fonctionnent 80 %

des démocraties du monde. Ou c'est un régime présidentiel, c'est-à-dire un régime dans lequel il y a un président fort, doté d'une légitimité issue du suffrage universel et, en face, un Parlement tout aussi fort, tout aussi légitime, ce qui oblige à un compromis permanent, à un dialogue constant entre le président de la République et la majorité parlementaire. Je pense que ces modes de fonctionnement sont l'une des formes les plus abouties de la démocratie. Et je n'accepte pas l'idée que les Français ne seraient pas capables, progressivement, d'aller vers l'un ou l'autre de ces régimes institutionnels. Comme il me semble que les Français sont viscéralement attachés maintenant à l'élection du président de la République au suffrage universel, il me paraît plus difficile d'aller vers un régime parlementaire. J'en conclus donc que la marche en avant, le progrès démocratique pour la France c'est, à terme, un régime présidentiel.

Raymond Barre : Je crois que sous la Ve République, les institutions ne peuvent marcher que s'il y a un président et un premier ministre qui s'entendent parfaitement. Le général de Gaulle disait quand il a nommé Pompidou : *« J'ai nommé le premier ministre pour qu'il soit mon second. »* Et il est évident que si dans un gouvernement, vous voyez brusquement se dessiner des ambitions vers la présidence de la République, les choses ne marchent plus. À partir du moment où Pompidou a désiré aller à la présidence de la République, il ne le cachait pas. Les relations se sont détériorées avec le général de Gaulle parce qu'à ce moment-là le premier ministre tend à prendre une indépendance, à considérer qu'il lui faut se démarquer par rapport au président, et cela ne marche pas, dans la Vᵉ République.

Le général de Gaulle avait bien défini le rôle du président de la République qui arrête les orientations à long terme de la politique du pays et exerce sa fonction d'arbitrage. Le premier ministre, lui, comme disait le général, « *est aux prises avec les saccades de la conjoncture* ». Et « *il dure et il endure* » pendant une phase déterminée de l'action des pouvoirs publics. Je connais ce texte presque par cœur. C'est très clair. Et quand vous avez été premier ministre, vous savez que c'est bien comme cela. Tous les mauvais coups, vous les prenez, mais vous protégez le président. Si vous instaurez le quinquennat, vous forcez le président à perdre la distance qu'il a à l'égard de la vie politique et à se porter immédiatement sur le terrain, à affronter les partis. Et ce sera pire encore si on lui donne la possibilité d'aller devant l'Assemblée nationale. Le premier ministre sert de *go-between*, d'intermédiaire.

Édouard Balladur : Nous avons une Constitution qui n'est pas très claire, mais de Gaulle la voulait ainsi, dans laquelle le président a des pouvoirs, le premier ministre en a aussi, et ces pouvoirs peuvent être concurrents. Mais comme le président est élu au suffrage universel, c'est lui le chef de la majorité politique, c'est donc sa volonté qui s'impose. Voilà notre Constitution sur le mode, j'allais dire, traditionnel et classique. Et puis, il peut arriver que le président perde les élections législatives.

En 1983, j'ai pris position pour que, en pareilles circonstances, on n'ouvre pas une crise de régime et qu'on essaie de travailler ensemble dans le cadre d'une cohabitation. Je l'ai fait de propos délibéré parce que je considérais que notre Constitution avait un côté un peu trop corseté, un peu trop fermé, un peu trop impérieux et qu'il fallait introduire de la souplesse. De Gaulle ne l'eût certainement pas admis, de la même manière qu'il n'aurait jamais admis de rester au pouvoir en perdant un référendum. Et d'ailleurs il a quitté le pouvoir parce qu'il a perdu un référendum. Je pense que c'est une conception des choses qui valait pour lui, mais qui ne vaut pas dans les temps plus ordinaires. Cela étant, c'est une source de conflit et d'obscurité, cette conception de notre Constitution. C'est pourquoi je suis partisan de la clarifier. Il faut qu'on sache désormais clairement qui a le pouvoir, en toutes circonstances. Soit le président, soit le premier ministre. Et moi, je pense que les choses étant ce qu'elles sont, il vaudrait mieux que le pouvoir fût clairement confié au président de la République, mais qu'en contrepartie les pouvoirs du Parlement soient considérablement augmentés, dans toute une série de domaines, de contrôle de l'exécutif, de contrôle de la politique étrangère, comme aux États-Unis d'ailleurs, et dans la liberté de fixer l'ordre du jour pour rétablir un équilibre. Actuellement nos institutions sont déséquilibrées. Et elles sont déséquilibrées parce qu'elles sont confuses et parce qu'on ne sait pas très bien quels sont les pouvoirs exacts, constitutionnellement, de l'un ou de l'autre.

Dans le cadre de cette clarification, il me semble que le premier ministre peut rester en fonction, je veux dire qu'il peut exister mais en pareille occurrence, il ne doit plus être responsable devant le Parlement. On peut parfaitement concevoir un premier ministre qui est le premier des ministres, non responsable devant le Parlement, ce qui est la définition du régime présidentiel (les ministres ne sont pas responsables devant le Parlement), mais qui est un chef d'état-major et le bras droit du président. Il n'a cependant pas de responsabilité politique et donc pas d'autonomie politique propre.

Je n'ai jamais compris, ou plutôt jamais bien admis cette histoire de premier ministre fusible. Quand on est responsable, on est responsable. On n'a pas besoin d'aller chercher des fusibles pour que d'autres soient responsables à votre place. Lorsque j'ai refusé la démission des membres de mon gouvernement qui croyaient devoir me la donner parce qu'ils avaient rencontré un échec, on m'a dit : *« Acceptez-la, les ministres sont des fusibles. »* Non, ce n'est pas ma conception des choses. On est une équipe, on est solidaires les uns des autres et on ne cherche pas des subterfuges pour faire porter à d'autres la responsabilité. Un pouvoir qui cherche des fusibles est un pouvoir qui fuit ses responsabilités.

Il faut un président fort mais il faut aussi un Parlement fort, car c'est cela la démocratie. Un Parlement suffisamment fort pour pouvoir au besoin imposer sa volonté, dans certaines circonstances. Ce qui n'est plus le cas du Parlement en France aujourd'hui. Mais vous aurez compris que le maintien de la fonction de premier ministre n'est pas un objectif en soi. Ce qui compte c'est que nous ayons des institutions efficaces et équilibrées. Équilibrées, cela veut dire plus démocratiques qu'elles ne le sont.

Lionel Jospin : Nous avons deux options. Soit on choisit le système présidentiel, et le président de la République devient une sorte de premier ministre élu au suffrage universel. C'est lui qui dirige le gouvernement et il accepte non seulement d'être le symbole de l'État mais aussi le chef de l'exécutif qui impulse l'administration. Il accepte aussi d'être un tâcheron. Et il doit assumer les responsabilités de ses actes. Ou bien on choisit une voie parlementaire, c'est-à-dire que l'on fait remonter le président de la République, toujours élu au suffrage universel, vers des fonctions purement symboliques et de représentation. Le pouvoir effectif est concentré à Matignon, y compris en politique étrangère et en politique de défense, et le système est contrôlé par un Parlement plus puissant. En somme, il faut tout de même qu'il y ait dans le pouvoir exécutif un lieu où l'on s'occupe véritablement de diriger le pays et cela se fait soit dans un gouvernement présidentiel, soit dans un gouvernement parlementaire. Mais je pense qu'un jour il faudra réformer les institutions françaises et supprimer la dualité actuelle dans l'exécutif.

Dominique de Villepin : La France a besoin d'un exécutif double, tout simplement parce que le consensus national est faible. Quand vous avez un consensus fort, vous pouvez avoir un exécutif réduit à une tête, comme c'est le cas aux États-Unis. Lorsque vous regardez le système britannique, c'est le cas également du premier ministre britannique dans un système certes monarchique mais où il y a une tête, celle du premier ministre. Le cas de la France est tout à fait différent. Le consensus français est un consensus fragile. Il faut constamment s'y prendre à plusieurs reprises pour essayer d'éviter que les choses ne dérapent. Il faut cicatriser les plaies. Anticiper les difficultés. Et pour cela, vous avez besoin d'être deux. L'exécutif permet justement ce débat ; ce dialogue se substitue un peu au dialogue qui fait défaut au sein de la société française. Le président de la République apporte sa sérénité, sa sagesse, son expérience. Le premier ministre doit prendre plus de risques, assumer la responsabilité d'un certain nombre de décisions quand elles sont impopulaires. Prendre les coups en lieu et place du président de la République. Cette répartition des tâches est le fruit d'une longue histoire politique. La remettre en cause, eh bien, c'est moins de vent dans les voiles, moins de capacité à prendre les coups et donc pour le pays plus d'inertie, plus de divisions, moins de solutions possibles.

Laurent Fabius : Pour moi, la question principale n'est pas le rapport entre le président et le premier ministre. La question principale, c'est le rapport entre le tandem président-premier ministre d'une part et le Parlement d'autre part. Dans une vraie démocratie, il faut que le Parlement équilibre mieux le pouvoir exécutif. Je souhaiterais donc que le président ait un rôle, mais un rôle plutôt d'arbitrage et que le premier ministre devienne vraiment le chef de la majorité, qu'il rende des comptes au Parlement et que le Parlement cesse d'être une sorte de chambre d'enregistrement comme il l'est malheureusement trop souvent. C'est la réforme que je tire de ma propre expérience à la fois de premier ministre et d'ancien président de l'Assemblée.

Alain Juppé : Cette idée que l'on règle les problèmes en modifiant la Constitution est une idée spécifiquement française. Nous avons toujours le sentiment que la réponse à nos problèmes, c'est une République supplémentaire, après la Ve, la VIe. Je crois que c'est un faux problème. Il y a déjà eu une réforme avec le quinquennat, je l'ai approuvée en ce qui me concerne parce que je pensais que le septennat n'était plus dans le rythme démocratique contemporain. On a besoin de revenir plus fréquemment devant ses électeurs lorsqu'on exerce un pouvoir fort. Mais le quinquennat va apporter des évolutions toutes naturelles, et on y est d'ailleurs. Il va changer, c'est vrai, la relation entre le président de la République et le premier ministre. À la longue, le président de la République va devoir assurer plus fortement le leadership intérieur, comme il assure le leadership extérieur et international. Ceci va conduire le premier ministre non pas à mon avis à disparaître, parce qu'on aura toujours besoin d'un fusible et d'un animateur du travail gouvernemental que le président ne peut vraisemblablement pas faire en direct, mais il sera justement le premier ministre, c'est-à-dire le premier des ministres. Il portera enfin vraiment son nom et sera là pour coordonner les choses.

Ce qui me préoccupe le plus dans la façon dont nous fonctionnons aujourd'hui, c'est l'inflation législative. Cette manie de faire des textes, de voter des lois en permanence, des grandes lois si possible, qui porteront éternellement le nom de leur auteur et qui ne sont jamais appliquées ! De temps à autre, des commissions font le point de l'état d'application des lois et l'on se rend compte qu'une majorité d'entre elles ne sont jamais suivies des faits. C'est cela qu'il faudrait changer.

Conclusion

Voilà, nos premiers ministres ont achevé leurs récits. Ils sont repartis discrètement, escortés du garde du corps que la République continue de leur attribuer, dans la voiture avec chauffeur qui les distingue encore du tout-venant.

Des rendez-vous attendaient Édith Cresson, dans l'entreprise qu'elle a créée, Édouard Balladur devait retrouver Nicolas Sarkozy à l'Élysée et Lionel Jospin un partenaire de tennis. Pierre Mauroy est rentré à Lille et Michel Rocard, en député européen assidu, est reparti faire la navette entre Bruxelles et Strasbourg puisqu'il n'a jamais voulu dételer. Dominique de Villepin a téléphoné à son éditeur et Jean-Pierre Raffarin à deux ou trois sénateurs. À Matignon, François Fillon, déjà en retard sur son programme de la journée, s'inquiétait de l'effet produit par sa mine épuisée.

En repartant, droit comme un « i » et d'une exquise courtoisie, Pierre Messmer avait gentiment prévenu : *« Ce sera probablement la dernière fois que je raconterai cette histoire. »* Quelques semaines après notre rencontre, il est mort doucement. Laissant Raymond Barre le précéder de quatre jours, derniers témoins d'une époque où la France avait découvert à la fois la crise économique et la modernité. Alignés derrière les cercueils recouverts du drapeau français, leurs successeurs sont presque tous allés leur rendre hommage.

Ils sont dix, désormais, à faire partie de ce club informel qui réunit ceux qui ont vécu l'enfer. À l'exception de Laurent Fabius, redevenu ministre de l'économie de Lionel Jospin quatorze ans après avoir quitté Matignon, et d'Alain Juppé redevenu ministre pour quelques semaines dans le gouvernement de François Fillon, aucun d'entre eux n'a plus jamais remis les pieds dans un gouvernement.

Chronologie

Quand ils étaient à Matignon…

Pierre Messmer : Figure de la Résistance et du gaullisme, il est nommé le 1er juillet 1972 par Georges Pompidou. La mort de celui-ci, le 2 avril 1974, entraîne une élection présidentielle anticipée. Il restera premier ministre pendant l'intérim assuré par Alain Poher, jusqu'à l'élection de Valéry Giscard d'Estaing et la nomination, le 27 mai 1974, de Jacques Chirac à Matignon.

Raymond Barre : Nommé par Valéry Giscard d'Estaing, le 25 août 1976, cet universitaire, ancien ministre du commerce extérieur, succède à Jacques Chirac, démissionnaire. Il dirigera trois gouvernements successifs jusqu'à la défaite du président, le 10 mai 1981.

Pierre Mauroy : Premier premier ministre de gauche de la Ve République, il est nommé par François Mitterrand le 21 mai 1981. Il n'a alors jamais exercé de fonction ministérielle. Il dirigera trois gouvernements, jusqu'au 17 juillet 1984.

Laurent Fabius : Énarque, nommé par François Mitterrand le 17 juillet 1984. Il est alors, à 37 ans, le plus jeune chef de gouvernement de la Ve République. Il reste à Matignon jusqu'à la défaite de la gauche aux élections législatives et passe la main à Jacques Chirac, premier premier ministre de cohabitation, le 20 mars 1986.

Michel Rocard : Énarque, ancien ministre, ayant renoncé deux fois à se présenter à la présidentielle contre François Mitterrand, il est nommé le 10 mai 1988 par ce dernier, réélu confortablement à l'Élysée. Ce sera une curieuse cohabitation entre deux hommes du même parti qui se détestent. Michel Rocard dirige deux gouvernements dont l'un comprend quelques ministres venus du centre-droit, avant qu'il ne soit démissionné par le président, le 15 mai 1991.

Édith Cresson : Ancienne ministre, elle est la première et unique femme, à ce jour, à entrer à Matignon comme premier ministre. Nommée par François Mitterrand le 15 mai 1991, elle y fera aussi l'un des plus brefs séjours avant de laisser la place à Pierre Bérégovoy, le 2 avril 1992. Ce dernier, très affecté notamment par la défaite de la gauche aux législatives un an plus tard, se suicide le 1er mai 1993.

Édouard Balladur : Ministre d'État en charge de l'économie et des finances, il faisait déjà figure de vice-premier ministre de Jacques Chirac lors de la première cohabitation en 1986-1988. Il entre à Matignon le 30 mars 1993 pour une seconde cohabitation avec François Mitterrand. Candidat à la présidentielle contre le président de son parti, Jacques Chirac, il est battu au premier tour.

Alain Juppé : Énarque, ancien ministre, il est nommé premier ministre par Jacques Chirac le 17 mai 1995. Ses réformes déclenchent, dès le mois de décembre, de gigantesques grèves dans les transports publics. Très proche du président, celui-ci préfère dissoudre l'Assemblée plutôt que de se séparer de son premier ministre qui finira par démissionner, après l'échec de la droite aux élections législatives anticipées.

Lionel Jospin : Énarque, ancien ministre, il a été candidat à l'élection présidentielle de 1995. La gauche ayant remporté les élections législatives anticipées deux ans plus tard, il devient troisième premier ministre de cohabitation, nommé par Jacques Chirac le 2 juin 1997. Il reste à Matignon près de cinq ans, presque le record de Georges Pompidou.

Jean-Pierre Raffarin : Nommé le 6 mai 2002 par Jacques Chirac, après la réélection de ce dernier à l'Élysée, cet ancien ministre et expert en marketing se plaît à incarner « la France d'en bas ». Toutes les élections intermédiaires sont cependant perdues par la droite et il doit démissionner le 31 mai 2005 après l'échec du référendum sur la Constitution européenne.

Dominique de Villepin : Énarque, non élu, il a été depuis 1995 le secrétaire général de l'Élysée de Jacques Chirac avant que celui-ci ne le nomme en 2002 ministre des affaires étrangères, ministre de l'intérieur puis premier ministre le 31 mai 2005. Opposant déclaré à Nicolas Sarkozy, il quitte Matignon en même temps que Jacques Chirac, le 15 mai 2007.

François Fillon : Ancien ministre, partisan d'un régime présidentiel, il avait théorisé la disparition du premier ministre… avant d'être nommé à Matignon par Nicolas Sarkozy, le 17 mai 2007.

Table

Introduction 9

1. La nomination 19
2. Premiers jours 39
3. Casting gouvernemental 51
4. La forteresse Bercy 65
5. Les relations avec le président 75
6. Cohabitation 95
7. Le maniement des hommes 105
8. L'ennemi de l'intérieur 113
9. L'œil du parti, l'oreille de la majorité 125
10. Les sables de l'administration 137
11. Secrets et mensonges 147
12. La solitude du pouvoir 161
13. Une réforme sur vingt ans 173
14. Stress 191
15. Derrière les dorures 203
16. L'usure du corps 215

17. Le président est malade… 225
18. Les médias, voilà l'ennemi 235
19. Grâce et disgrâce 251
20. Traverser la Seine… jusqu'à l'Élysée 263
21. Démission 273
22. Après l'épreuve 287
23. Changer la règle 297

Conclusion 311

Chronologie : Quand ils étaient à Matignon 313

COMPOSITION . NORD COMPO MULTIMÉDIA
7 RUE DE FIVES - 59650 VILLENEUVE-D'ASCQ

CPI
Bussière

Cet ouvrage a été imprimé en France par
CPI Bussière
à Saint-Amand-Montrond (Cher)
en janvier 2010.
N° d'édition 101170. - N° d'impression 91923
Dépôt légal . janvier 2010.